HAYMON taschenbuch 271

Übersichtskarten von Gmunden und Bad Ischl sowie ein Glossar finden Sie im hinteren Teil des Buches.

MIX
Papier aus verantwortungsvollen Quellen
FSC® C083411
www.fsc.org

Auflage:
4 3 2 1
2022 2021 2020 2019

HAYMON tb 271

Originalausgabe

www.haymonverlag.at

ISBN 978-3-7099-7917-4

Buchinnengestaltung nach Entwürfen von himmel.
Studio für Design und Kommunikation, Innsbruck / Scheffau – www.himmel.co.at
Umschlag: Eisele Grafik · Design, München, unter Verwendung von: shutterstock.com/donatas1205 (Regal), bigstock.com/wabeno (Büste), bigstock.com/StanciuC (Schild), bigstock.com/saiko3p (Kaiservilla), bigstock.com/egal (Schleife)
Satz: Da-TeX Gerd Blumenstein, Leipzig
Autorenfoto: Manfred Horvath

Gedruckt auf umweltfreundlichem, chlor- und säurefrei gebleichtem Papier.

Bernhard Barta

Sissis Kopf

Ein Salzkammergut-Krimi

Bernhard Barta

Sissis Kopf

Für meinen geliebten Papa

Prolog (5. August)

Das Zimmer. Mehr klein als groß. Sie kümmerte sich nicht darum. Sie brauchte keinen Riesenkomfort. Das Halbdunkel. Die Stickvorhänge. Der röhrende Hirsch an der Wand. Alles verströmte Geborgenheit. Und doch war ihr kalt. In den Beinen spürte sie noch die nasse Fahrt. Bad Ischl bis Gmunden. Ein einziger Wolkenbruch. Die Tür fiel ins Schloss. Sie lehnte sich dagegen. Streifte den ersten Stöckelschuh ab, dann den anderen.

Das Hotel hatte sie erst nach sorgfältigen Recherchen gewählt. Tolerant und verschwiegen, hieß es, und Verschwiegenheit war Gold wert. Vor allem in ihrer jetzigen Situation. Der redselige Wirt hatte sie mit Komplimenten überhäuft, aber beim Check-in nicht nach ihren Papieren gefragt. Jede Wette, er wollte sie ins Bett kriegen. Wie die anderen. Sie öffnete den Reißverschluss ihres Gepäckstücks und kontrollierte den Inhalt. Wieder im Bett sank sie erleichtert zurück auf den Kopfpolster. Alles frisch gemacht. Ans Leben im Hotelzimmer würde sie sich schon noch gewöhnen. Sie würde es müssen. Denn schon bald war sie auf der Flucht. Sie würde verschwinden. Unsichtbar sein. So gut es nach so einer Sache ging.

6. August

Der Himmel war über ihnen zusammengefallen. Regen aus vollen Schaffeln, tagelang. Nun wagte sich endlich wieder die Sonne hervor. Vorsichtig lugte sie über den Stein. Weich und warm. Lächelte über das kleine Seestädtchen. Er konnte die frischen Hügel sehen. Ihr Tannengrün riechen. Den Gmundner Berg. Den See. Lachende Sommerflirts drangen herein. Touristen!

Chefinspektor Gustav Adam Brandner schloss leise das Fenster und wandte sich wieder dem Geschehen des heutigen Vormittags zu. Dem Festakt auf Schloss Orth, dem Posten der Salzkammergutpolizei. Dem Herrn Major. Der Laudatio auf den Birngruber. Der Seppi platzte vor Stolz.

„Eine Ehre. Ein Herzensanliegen! Namens des Linzer Präsidiums ..."

Josef Birngruber weinte. Rekordhalter beim Gmundner Knödelwettessen. Fixstarter am Ebenseer Fetzenzug. Vor allem im Herzen Salzkammergutpolizist. Ihm fielen die Tränen auf die neue Uniform, aber er schämte sich nicht. Wie der Herr Major ihn lobte. Wie er seine Bedeutung betonte. Als neuer Revierinspektor. Seine Aufgaben. Das Amt.

Natürlich. Es wäre ja schon längst fällig gewesen. Sechs Jahre Salzkammergutpolizei. Hatte er nicht alles gegeben? Auch noch den Banküberfall aufgeklärt. Fast im Alleingang. Tat er nicht alle Arbeit, die der Chef nicht tat? Berichte tippen. Kirtag bewachen. Sogar den Verkehr regeln, sollte es wieder einmal notwendig sein.

Die Milli schaute zu ihm her. Klare Sache. Sie stand auf die neue Uniform. Auch der Chef rieb sich das rechte Auge. Alle gerührt. Das Buffet wartete. Alles für ihn. Weltklasse!

badisch
24
kulturhaup
europas 202
GESUCHT
POLIZEI

Chefinspektor Brandner lächelte seinem Untergebenen zu und wischte sich tatsächlich eine hartnäckige Seemücke aus dem Auge. Birngrubers Beförderung. Gott sei Dank hatte er sie bei den Linzern durchgebracht. Alles andere als einfach. Der Seppi. Ein Sturkopf wie kein zweiter! Keiner, der sich einen Haxn ausriss, aber eben doch mit dem Herzen am rechten Fleck. Wo gehobelt wird, da fallen Späne, sagt man in Oberösterreich. Bei dem Birngruber war das gerade so. Jetzt also Revierinspektor! Alles gut. Wären da nicht diese Schmerzen. Der Brandner griff sich ans Bein. Wieder einmal nur wegen des Geldes.

„Wir haben nicht genug Fantasie!", hatte der Landesvater gesagt. Nicht genug Geld, hatte er aber gemeint.

„Und wir in Gmunden", hatte der Bürgermeister dann gesagt, „wir haben's auch nicht mehr. Und wenn die Leute zu wenig haben, dann kommen sie halt auf solche Ideen. Da kommt dann eben sogar die Sparkassa dran. Bankraub in Gmunden!"

Deswegen hatte der Brandner jetzt Schrotkugeln im Bein.

Der Herr Major wirkte leicht genervt. Vielleicht, weil der Birngruber die Freudentränen nicht in den Griff bekam. Vielleicht weil er hungrig war. Vielleicht weil es gar nicht so einfach ist. Dort oben in Linz. Auf dem Präsidium.

Da knallte die Milli endlich den Korken. „Prost, Birngruber! Erst einmal anstoßen."

Noch ein wenig Smalltalk mit dem Major. Zu den Brötchen! Frohlockte da schon der Birngruber. Alles gut.

Die anderen gingen hinunter. Buffetfressen à la Birngruber, man kannte das ja. Doch er blieb noch ein Weilchen am Fenster. Horchte zum Wasser hin. Fühlte das Sonnenkitzeln auf seiner Nase. Roch die Reinanken.

Wenn der Herr Major weg war, dann würde er noch ein wenig die Angel ausholen. Die Sonne würde wieder scheinen. Die Reinanken würden ihm schon noch anbeißen. Er erhob sich vom Schreibtisch. Da läutete sein Telefon.

„Guten Morgen, Hoheit!"

„Brandner, wo bist du?"

„Am Apparat. Wie steht's mit der Hirschjagd?"

„Ach wo, Hirschen! Komm her!"

„Ja was ist denn passiert?"

„Unersetzlich!"

„Was gibt's denn?"

„Gemein. So gemein ..."

„Herrschaftszeiten! Was ist denn?"

„Die Sisi ... Hast du verstanden, Brandner? Die Sisi ist weg!"

„..."

So hatte er den Erzherzog noch nie erlebt. Einfach aufgelegt. Ganz ohne Abschied. Nun ging der Magnus nicht mehr an das Telefon. Viermal hatte er es versucht. Natürlich machte er sich da gleich auf den Weg. Noch ein Handgriff zum Brötchenbuffet. Die Grellingerin hatte ihre Schinken-Kren-Stangerl ja nicht umsonst gemacht. Sondern für den Birngruber. Den zerrte er auch noch irgendwie vom Frühstück.

Nun aß der noch weiter am Beifahrersitz. „Einsatz ist Einsatz." Auch wenn der Seppi noch nicht danach aussah. Er stopfte sich den Schinken in seinen Wampen und den Wampen dann in die Uniform.

Den Brandner packte der Zorn. Wie sehr er sich gefreut hatte auf den beschaulichen Dienst. Auf seine Angel im Fenster. Die Fische. Den See.

Sein Fuß senkte sich auf das Pedal. Altmünster flog vorüber, Pühret, Nachdemsee, Winkl, Traunkirchen.

Endlich war der Birngruber fertig. „Feines Frühstück", schmatzte der noch daher. Und dann, ob es nicht vielleicht doch an der Zeit wäre, ihn endlich aufzuklären. Er war jetzt Revierinspektor. Als solcher traute er der Sache nicht recht.

„Welche Sisi ist weg, Chef?"

„Hat er nicht gesagt, Seppi."

„Vielleicht sein Hunderl, Chef? Die Jagdmischung?"

„..."

„Ein Vogerl, das ihm ausgekommen ist?"

„..."

„Vielleicht ist der ja auch Vogelfänger. Wie der Bürgermeister. Nun ist ihm ein Vogerl abgeposcht."

Der Brandner antwortete nicht. Doch er machte sich so seine Gedanken zu der sogenannten „Jagd des kleinen Mannes". Die Tradition, wo sie Singvögel im Salzkammergut einfingen und über den Winter in Volieren hielten. Für ihn Tierquälerei.

„Chef?"

„Ja?"

„Also wegen der Sisi, die weg ist. Was meint der damit?"

„Weiß nicht, Seppi."

„Wie alt ist denn der Kaiser?"

„Kein Kaiser, Seppi. Sondern Erzherzog."

„Der Erzherzog."

„Ein echter Prinz. Nur eben keiner, der als nächster Kaiser regiert."

„Schon siebzig, der Prinz, oder?"

„..."

„Locker siebzig."

„Kann sein."

„Da vergisst man's schon mal ..."

„Was vergisst man schon mal?"

„Na! Dass die tot ist! Die Sisi."

„Ich glaub nicht, dass der Magnus damit seine Urgroßmutter meint."

„Vergessen hat er was. Genaue Meldung machen. Kaiser hin oder her."

„..."

„Muss uns doch sagen, was da passiert ist, Chef."

„Er war halt echauffiert."

„Chauffiert oder nicht. Unsereins fährt ja auch selber!"

Der Brandner fuhr mit Blaulicht wie Sau. Immer wieder tauchte es auf. Immer wieder in seinem Kopf. Der Erzherzog, wie er auf und ab lief. In heller Verzweiflung. In seiner Villa. „Die Sisi ist weg!"

Sie fuhren in Bad Ischl ein. Rasten durch die Kurve im Kreisverkehr. Vorbei am Hotel Hubertushof. Durch das Tor. Über den Kiesweg, über die Ischl, durch das lauschige Wäldchen hindurch hinauf.

Die Kaiservilla. Da stand er. Händeringend. Hubertusmantel gegen die Ischler Morgenfrische. Der allseits beliebte Erzherzog.

„Na servus! Das dauert bei euch!"

„Sag, was ist los?"

„Die Sisi, Brandner! Sie haben sie gestohlen!" Er leerte ein Glas goldgelber Flüssigkeit.

„Bier hilft halt immer", nickte der Birngruber verständnisvoll.

„Baldriantropfen! Sie ..."

„Sisi", vervollständigte der Birngruber fälschlich. „Was heißt denn nun ‚Sisi gestohlen', Herr Kaiser?"

Der Magnus winkte die beiden Polizisten zwischen den Säulen hinter sich her. Im Schritt des Militärs durchmaß er die Halle. Sie gelangten bis vor eine Eichentüre.

Er schloss auf. Am Ende des Ganges prangte ein weißer Marmorblock.

„Da habt ihr's!"

„Eine Statue!" Der Birngruber griff sich an den Kopf. Dann auf die Figur.

„*Die* Statue! Das Hauptwerk des Zumbusch."

„Kaiserin Elisabeth von Österreich ... fecit Caspar von Zumbusch (1830–1915)." Der Birngruber las umständlich die in Gold eingehauene Schrift. Doch etwas fehlte.

„Wo ist der Kopf, Herr Kaiser?"

„Das ist es ja!", rief der Erzherzog wütend.

Der Brandner verfluchte Birngrubers Einfalt. Ihm war der Zumbusch natürlich bekannt. Einer der wichtigsten Künstler der Kaiserzeit. Die Sisi-Statue galt den Ischlern als Heiligtum. Nun hatten die Diebe ihren Kopf.

„Es gibt nur den Zugang?" Der Brandner zückte sein Notizbuch und deutete auf die Türe, durch die sie gekommen waren.

„Im Erdgeschoß, ja. Noch einer im ersten Stock. Die Treppe am Ende des Gangs führt hinauf."

„Fehlt noch etwas anderes aus der Villa?"

„Nur der Kopf."

„Aufgebrochene Türen?"

Der Erzherzog schüttelte den Kopf. Er habe alles kontrolliert. Jeden Winkel im Haus.

Im Hintergrund rückte der Birngruber mit seiner Kamera den Tatort ins Bild. Die Türe, den Gang, den Sockel, die Sisi ohne Kopf. Sichtbare Spur eines Jahrhundertdiebstahls. Mürrisch murmelte er vor sich hin. Einen Kaiser bestiehlt man nicht!

„Wie kamen die Täter dann in den Wohnbereich?"

„Na von hier, Gustl. Oben ist alles von innen versperrt."

„Alarmsicherung?"

„Ich selbst schalte die Anlage ein. Immer um neun Uhr abends. Dann folgt mein Kontrollgang, und ich ziehe mich ins Schlafzimmer zurück."

„Gibt es Kameras?"

„Wir haben die Außenanlage. Der Alarm geht los, wenn jemand ein Fenster öffnet. Das genügt ja. Dachte ich zumindest." Der Erzherzog senkte resignierend den Kopf.

„Befand sich der Kopf um neun Uhr noch hier?"

„Das kann ich nicht sagen. Ich sehe nicht immer hier an der Treppe nach."

„Die Türen?"

„Eingang und Terrasse verfügen über Hochsicherheitstüren. Alle unversehrt."

Der Birngruber setzte die Dokumentation der Statue mit lautstarken Kommentaren fort. Der Brandner konnte sich da nur schwer konzentrieren.

„Wann hast du also den Diebstahl bemerkt?"

„Erst vorhin. Ich kam herunter ins Kaisercafé. Wollte mir den *Ischler Mittwoch* holen. Da war es gegen acht."

„Also wann genau hast du die Sisi zuletzt gesehen?"

„Halb fünf", entschied der Erzherzog schließlich. „Davor war ich noch unten im Café. Mein Nachmittagstee."

„Schrecklich! Schrecklich, mein Lieber!"

Harry Baumann stand in der Tür. Schon im Heraneilen fiel er dem Erzherzog in den Arm. Die Polizisten tauschten einen vielsagenden Blick. Der Juwelier war noch mehr aus dem Häuschen als der bestohlene Erzherzog.

„Ich bin der Baumann“, stellte er sich vor. Unnötig. Jeder im Dorf kannte ihn. Harry Baumann, der Fünfte. Fachmann für Schönes und Altes. Seine Ahnen hatten Franz Josephs Uhren in der Villa geputzt.

„Im Kaiserhaus! Da beraten nur wir! In fünfter Generation. Was habt ihr für eine Spur? Ihr habts doch ...?“

„Stehen am Anfang“, knurrte der Birngruber. Vorsicht. Der Brandner wusste es, dem Seppi riss leicht die Hutschnur. Doch auch ihm ging Baumanns Beratergetue auf die Nerven. Der war zwar Kunstfachmann, doch hier nicht einmal Zeuge. Er erinnerte sich daran, was ihm die Milli immer ins Stammbuch schrieb. Er müsse sich besser durchsetzen! Da kam ihm der Baumann jetzt recht. Wie der der Polizei in die Parade fuhr. Dem würde er zeigen, wo der Bartl den Most holt!

„Fragen stellen wir, Baumann! Da du aber schon hier bist, kannst du uns helfen. Wie hoch ist der Schaden?“

„Ihr wisst also gar nichts. Na, woher auch? Nur Bezirkspolizei.“

„Also?“

„Ein Unikat. Mindestens drei, eher vier.“

„Vier Blaue sind nicht grad die Welt.“

Der Erzherzog runzelte die Stirn. Den Birngruber traf Baumanns Blick wie ein Blitz und er betonte jedes einzelne Wort.

„Vier – Hundert – Tausend – Euro! Herr Fachmann Birngruber.“

„Kann man erfahren, wie der Kopf aussieht?“, bemühte sich der Brandner wieder um Sachlichkeit.

„Da ist sie! Die Urgroßmama! Im Atelier Zumbusch.“ Der Erzherzog zog eine alte Fotografie aus dem Umschlag und hielt sie ihm hin. Es zeigte die Kaiserin in einem hohen hellen Raum, wie ihn Bildhauer benutzten. Daneben stand die nun kopflose Statue. Schneeweiß.

Der schönste Marmorkopf, den Brandner je gesehen hatte. Selbst im Kunstgeschichtestudium hatte er kaum Prachtvolleres studiert.

„Sisi war zweiundvierzig. Der Kaiser selbst bestellte dieses Geschenk zur Silberhochzeit. Es sollte etwas Besonderes für sie werden. Tatsächlich hat kaum ein Künstler die Kaiserin selbst zu Gesicht bekommen. Nur der Zumbusch arbeitete mit ihr persönlich. Er schlug Sisis Kopf aus einem Marmorblock und ihren Körper aus einem anderen. Dann wurden beide Marmorteile zusammengefügt."

„Man hat es kaum gemerkt. Bisher", setzte der Erzherzog nach. Die Kaiserin auf dem Bild trug ihr Haar seitlich nach hinten gebunden. Ein Kollier aus kostbaren Steinen lag um ihren Hals.

„Der berühmte Rubinschmuck!", dozierte der Baumann und leckte gierig die Lippen. Schon hatte er sich das Foto geschnappt. „Eigentlich ein Kollier im Besitz Marie-Antoinettes. Es kam zurück nach Österreich und wieder in Sisis Besitz. Sogar die Juwelen hat Zumbusch nachgebildet. Das Kollier ist seit 1918 verschollen, aber der Marmorkopf gab uns noch eine Vorstellung davon."

Baumanns Monolog versetzte Brandners Geist in eine andere Zeit. Eine Epoche aus Macht und Ruhm. Er sah die Kunstgalerie seiner Großeltern vor sich, dann seiner Eltern, nun war sie in seinem Besitz. Er sah die Gemälde der Brandner-Ahnen, die Sammlung von Marmorbüsten. Zu jeder einzelnen hatte der Großvater immer die tollsten Geschichten erzählt.

„Und was tut die Polizei?" Der Baumann holte ihn unsanft zurück in die Realität.

„Aufklären! Das ist ein Tatort, Baumann. Wenn ich dich also bitten dürfte."

Damit nahm er ihm das Sisi-Foto wieder ab. Sie würden es benötigen.

„Ich gehe. Kundschaft aus China, mein Lieber!" Der Baumann fühlte sich zur Seite geschoben. Er herzte noch einmal den Erzherzog und marschierte gekränkt aus der Tür.

„Keine Spuren von Einbruch, die Fenster verriegelt ...", wiederholte der Brandner vor sich hin. Er spielte den möglichen Weg des Diebstahls durch, auch für den Birngruber und den Erzherzog. „Alles geschah gestern nach sechzehn Uhr dreißig bis heute acht Uhr in der Früh. Wenn der Alarm nicht losging, drang man auch nicht von außen ein. Also ..."

„Du meinst?!" Dem Erzherzog stand der Schrecken groß ins Gesicht geschrieben.

„Jemand hat einfach hier aufgesperrt."

„Gütiger Gott!"

„Wer besitzt denn den Schlüssel für diese Tür?"

„Nur ich. Dann noch die Erzherzogin und meine Söhne. Doch sie sind alle verreist."

„Noch jemand?"

„Der Geschäftsführer vom Kaisercafé."

„Den brauchen wir. Außerdem würde ich gerne die Angestellten befragen."

Der Inspektor winkte den Birngruber zu sich.

„Seppi! Du gehst mir durch Ischl. Weißt schon, die Leute interviewen. Vielleicht hat jemand gesehen, wie einer etwas in Kopfgröße weggeschleppt hat."

Der Birngruber salutierte und packte zusammen.

„Das Sisi-Foto brauchen wir, Magnus."

Der Erzherzog nickte. Er hatte sich wieder gefasst und ging, um sein Personal zu instruieren.

***

Eine Stunde später schlenderte Revierinspektor Josef Birngruber über die Pfarrgasse. Er hatte sich quer über die Promenade durchgefragt. Sogar bis zum Kurhauspark und weiter zum Kreuzplatz. Niemand hatte gestern etwas Auffälliges bemerkt. Auch nicht die Frau Angelika von der Villa Seilern. Als Direktorin des besten Hotels im Kaiserdorf kannte die immer den neuesten Ischler Klatsch. Doch dieses Mal hatte ihm auch die Angelika nichts Kriminelles erzählen können.

Jetzt erst recht, dachte der Birngruber, als er den Zauner in der Pfarrgasse passierte. Erschöpft stieß er die Türe der Konditorei auf. Ein freier Tisch war nicht in Sicht. Er nahm die Uniformkappe ab und wartete etwas verlegen vor der Kuchentheke. Dahinter lächelte Zauners längst verblichene Gründergeneration von der Wand.

„Ja, die Polizei! Da hab ich doch immer ein Platzerl."

„Servus, Zauner! Ich ..."

„Du bist jetzt Inspektor! Kompliment! Hab's gehört."

„Revierinspektor!", stellte Birngruber richtig, es freute ihn, dass seine Beförderung sich schon herumgesprochen hatte.

Doch der Zauner Sepp hatte ihn schon am Uniformarm gepackt. Durch den Grünen Salon führte er den Birngruber nach hinten. Vorbei an Urwaldbildern und exotischen Vögeln. Der Birngruber würde den Ischler Kaltenbachwald bevorzugen. Weit weg von den anderen Gästen wurde er an den Personaltisch bugsiert. Auch der Zauner nahm Platz.

„Also, was willst du? In Uniform! Ich dachte, wir waren uns einig. Polente ist schlecht fürs Geschäft!"

„Hör zu, Zauner. Da kann ich leider keine Rücksicht nehmen. Das ist jetzt amtlich."

„Soso, amtlich. Hast du schon bestellt?"

Zauner
Bad Ischl
POLIZEI

„Das Zauner."

Der Zuckerbäcker winkte einem seiner Dirndl und orderte ein Zauner-Frühstück. Doppelte Portion. Auch als Herr Inspektor falle ihnen der Birngruber nicht vom Fleisch! Der lachte mit.

„Pass auf, Zauner! Wir suchen wen."

„Du suchst jemanden?"

„Einen, der etwas Schweres weggeschleppt hat. Oben von der Villa."

„Aha. Wen genau?"

„Was heißt genau?", parierte er den Alten unwirsch. „Wenn ich's wissen tät, müsste ich dich doch nicht fragen!"

„Aber wie kann man jemanden suchen und dabei gar nicht wissen, wen?"

„Bist du der Inspektor oder ich?"

„Du. Was hat man denn gestohlen?"

„Wieso gestohlen?"

„Na, du suchst eine Person, die was Schweres von der Kaiservilla weggeschleppt hat. Also ..."

„Also hast du? Jemanden bemerkt? Oder nicht?"

„War gestern nicht da. Die Auslieferungstour. Der Stollen geht besser denn je!"

Das hätte der Zauner ja gleich sagen können, dass der gestern gar nicht da gewesen war!

„Du weißt schon, Birngruber. Isst du einen Zauner-Stollen, musst du einen Stauner ..."

„Und die Zaunerin?", fiel er dem Bäcker mitten in sein Gedicht.

Doch der Zauner sprang schon wieder auf. So ein Promi hatte es eben eilig. Als er wenig später wiederkam, war nur zu erfahren, dass weder die junge noch die alte Zaunerin Besonderes auf der Pfarrgasse bemerkt hatten. Genauso wenig wie sein Personal.

Frustriert machte sich der Inspektor auf seinen Weg. Er hatte ganz Ischl verhört. Bis auf die letzte, seine beste Auskunftsperson.

***

Liebevoll legte Annie Kurz alles vor sich auf den Kassatisch. Kriminalroman und Lovestory. Ratgeber und Reiseführer. Buch für Buch zauberte sie in ihre Auslage unwiderstehliche Arrangements. Nicht jeder wurde über Nacht zum Altphilologen. Aber der Schneider Sonnleitner machte nicht nur die schönsten Lederhosen im Ort. Er fand auch das neue Buch über die Ausseer Salinenmaler im Schaufenster und interessierte sich seit kurzem für Karl Mays Abenteuer. Und wenn sie sich in der Beratung etwas mehr Mühe gab, vielleicht auch noch für einen Liebesroman. Und wie kam es, dass sich der Kuk Max in seinem Beisl noch zum Verfechter veganer Sommerküche wandelte? Wer hatte ihn inspiriert? Natürlich ihre Empfehlungen. Annie musste lächeln. Sie kannte ihre Kundschaft. Für sie gestaltete sie ihre Auslage. Besonders bemühte sie sich jedes Jahr vor dem 18. August. Dann kamen Zehntausende nach Ischl gereist, um Geburtstag zu feiern. Kaisers Geburtstag.

Sie schnürte noch ein Paket Sisi-Postkarten und schielte hinüber zum anderen Schaufenster. Schon vor einer Stunde hatte sie ihn gesehen. Wie er sich betont beiläufig in der Pfarrgasse herumdrückte. Wie er erst mit der Hutmacherin, dann mit den Damen vom Keramikladen sein Schwätzchen hielt. Um schließlich am Ramschkorb vom Dessoussalon in den Höschen zu wühlen. Für wen überhaupt?

Als der Birngruber auch noch ohne Kaufsackerl aus dem Drogeriemarkt kam, wusste das Fräulein Annie

Bescheid. Alles dienstlich. Befragungstour. Nun musste sie lachen. Ein genialer Kaufhausdetektiv, der sich für unsichtbar hielt. Dabei sah der Seppi so breit aus, als würde er sich nur von Schweinsbraten und Zauner-Frühstück ernähren. Da würde sie glatt die Sarah-Sommer-Jubiläumsausgabe darauf verwetten! Schon wieder drückte der die Riesennase an ihrem Schaufenster flach. Jetzt hatte sie aber genug.

„Mei Seppi, so komm halt herein!"

Erschrocken schluckte er den Rest Zauner-Semmel hinunter. Die Annie war gschmah. Absolute Traumfrau. Ob sie auch etwas für ihn fühlte? Er hatte schon mit dem Schlimmsten gerechnet. Dass sie ihn vielleicht nicht bemerkte. Oder ihn gar einmal aus ihrem Buchgeschäft warf. Schließlich war seit einiger Zeit ein großer Mann an Annies Seite zu sehen. Ein Riese. Sie nannte ihn Ernst. Doch dieser Ernst schien nicht mehr hier zu sein.

„Fräulein ... Annie."

„Du kommst ja gar nie zu mir! Schäm dich!"

„Ist halt alleweil viel zu tun."

„Immer g'schaftig, der Herr Inspektor!"

„Du hast es gehört?" Er wuchs um ein paar Zentimeter.

„Ganz Ischl redet's schon", lachte die Annie. „Aber du bist ja wohl nicht wegen meiner schönen Auslage da."

„Naja ..."

„Also?"

„Wir suchen halt wen. Eine vermutlich fremde Person."

„Fremd?"

„Jawoll."

„Herrschaftszeiten, Seppi! Lass dir nicht jedes Wort aus der Nase ziehen."

„Na also ...“ Er sah sich vorsichtig um, bis er sicher sein konnte, dass niemand im Laden war. Dann bemühte er sich um einen amtlichen Ton. „Gestern hat jemand was weggeschleppt. Von der Kaiservilla.“

„Von der Villa? Gestohlen?“

„Dazu kann ich leider nichts sagen.“

„Aber mir erzählst du's doch, gell?“

Der Birngruber bemerkte die gefährliche Wendung in diesem Gespräch. Besser nicht reagieren! Wo die jetzt auch noch die Lippen so verführerisch spitzt. Die Annie soll nur sehen, wie ein Revierinspektor dichthalten kann.

„Laufende Ermittlungen.“

„Natürlich“, meinte sie bewundernd. „Was ein echter Inspektor ist, der muss sein Geheimnis bewahren.“

Der Birngruber nickte. Er war nur froh, dass der Annie der Ernst der Lage klar wurde.

„Weißt du, Seppi ...“ Sie kam ganz nah an sein Ohr. „Wir Buchhändler sehen ja allerhand Geschichten, die so in Ischl passieren. Ich könnt dir erzählen ...“

„Freilich, Annie. Bist ja im Ort meine beste Auskunftsperson!“

„Aber ...“ Näher und näher streckte sich die Annie an sein glühendes Ohr. „Auch wir Buchhändler können dichthalten.“

„Du verweigerst die Aussage?“

„Denkst du im Ernst, ein Dieb kommt zu mir ins Geschäft?“

„Wieso nicht? So ein Sisi-Kopf ...“

„Mein Gott, Seppi! Die Sisi?“ Sie war zufrieden. Hatte es doch noch aus ihm herausgelockt.

„Das erzählst du nie keinem! Der Dieb darf nicht erfahren, was wir tun.“

„Wofür hältst du mich, Seppi?“

„Damit hier niemand tratscht! Du bist jetzt Geheimnisträgerin."

„Wie schrecklich! Der Sisi-Kopf."

„Vierhunderttausend Schaden. Sagt der Baumann."

„Leider hab ich auf der Pfarrgasse gar nichts gesehen."

„Ich bin da schon etwas auf der Spur, Annie."

„Wirklich?"

„Man findet immer etwas am Tatort. Ermittlungstechnisch gesehen."

„Mein Gott, Seppi. Dein Leben ist so aufregend!"

„Dann mach ich mich jetzt wieder an die Verfolgung. Wird ein Riesenstück Arbeit."

Er seufzte vernehmlich und streckte ihr zum Abschied die Hand hin. Da zog ihn die schöne Buchhändlerin zu sich herab und drückte ihm ein festes Busserl auf.

„Jessas, Annie!"

„Damit du nicht vergisst, dass ich da bin."

„Ich denk doch immer an dich."

„Mach dich nur nicht wieder so rar!"

Der Birngruber nickte mit rotem Kopf. Verlegen drehte er die Polizeikappe in der Hand. Er schwor, dass er bald wiederkäme. Als er vor die Türe trat, hatte er die Gelegenheit schon verpasst. Wenn er es ihr nur endlich gestehen könnte. Er stünde am liebsten den ganzen Tag da bei ihr. Bei seiner Annie vom Buchgeschäft. Immerhin war die beeindruckt. Und würde dichthalten. Und ihm sofort alles mitteilen, was im Ort getratscht wurde. Ihm, dem Revierinspektor der Salzkammergutpolizei!

***

Als er zum Tor der Kaiservilla zurückkam, saß im Café gegenüber Greta Ott. Wie immer hielt sie mit ihrem Pudel im Gastgarten Hof. Auch der alte Schneider Schauer war wieder dabei. Einst war sie Grande Dame des Wiener Theaters gewesen. Nun, in der Reserve, brillierte die Ott auf ihre Art. Als größte Tratschn von ganz Ischl und darüber hinaus. Unbezahlbar für Birngrubers Befragungstour.

„Obacht, die Polente!“, empfing ihn der Schauer.

„Griaß di, Schneidermeister. Ich bin amtlich da!“

„Was brauchst du?“ Die Ott formte ihre Hand am Ohr wie einen Trichter.

„Habt ihr gestern einen Fremden gesehen?“

„Einen Fremden?“

„Einen, der etwas weggeschleppt hat. Was Schweres. Von der Villa drüben.“

„Ich hab keinen gesehen ...“, meinte die Alte.

Der Birngruber versuchte seine Enttäuschung zu verbergen. Die Ott war seine letzte Hoffnung gewesen.

„Aber eine. Die hat was davonzaht von dort.“

„Jessas! Wann war das?“

„Na gestern Abend. Vielleicht so um sechs. Da hat die Villa schon lang geschlossen gehabt. Sag, Schauer, du hast sie doch auch gesehen!“

„Gegen sieben. Ein Taschenradl hat das Dirndl dabeigehabt.“

„Ein Taschenradl?“

„So eine Tasche auf Rädern, Inspektor!“

„Einen Trolley. Knallrot“, steuerte die Ott wieder bei.

„Und eilig hat sie’s gehabt. Dann hat sie hinter sich zugesperrt.“ Beide deuteten hinüber ans Tor. Das musste den Chef interessieren!

„Zugesperrt?“

„Zugesperrt.“ Bekräftigte der Schauer.

Zum Aus-der-Haut-Fahren, die Alten! Die ließen sich jedes Wort aus der Nase ziehen. Nicht drängen, würde der Chef sagen. Drängte man bei einer Befragung, so würden die Leute nur nervös.

Da fiel dem Schauer doch noch etwas ein. „Das war keine Dasige. Von auswärts war die."

„Wieso?"

„Na, weil s' nicht ausgeschaut hat, wie eine Ischlerin ausschaut. Die war nicht ..." Er rang nach Worten. Blickte hinüber zur Ott.

„Nicht elegant."

„Elegant. Ganz genau! Aber sexy."

„Ach wo! Nuttig hat s' ausgeschaut. Grell geschminkt", korrigierte die Ott ihn eifersüchtig.

„Was ist denn geschehen, Herr Wachtmeister?"

„Revierinspektor!"

„Soso."

„Das kann ich euch nicht sagen, Schauer. Polizeitaktik, verstehst du? Ermittlungen sind am Laufen."

„Soso. Die Ermittlungen." Das Paar sah sich amüsiert an. Lachte laut auf. Dann wandten sie sich wieder ihrem Kamillentee zu.

„Versucht euch zu erinnern! Wie hat die ausgesehen?"

„Mittelgroß. Angezogen wie eine Kellnerin."

„Richtig schlank. Schwarze Haare."

Immerhin. Vielleicht ließe sich später noch ein Phantombild zeichnen, wenn die beiden genauer nachdachten. Für den Moment konnte er sie kaum mehr ausquetschen.

„Ihr haltet euch zur Verfügung!"

„Zur Verfügung", echote die Ott.

„Ja, wo soll ma denn hin, so ugagst?" Der Schauer.

„Wir sehen uns!"

„Na freilich, Inspektor!"

Ihr Gelächter schallte hinter ihm her. Der Birngruber sah zu, dass er schnell weiterkam. Er musste sofort den Brandner informieren.

***

Zimmermädchen und Butler, Gärtner, Köchin, Buchhalterin. Kein Angestellter der Villa hatte für den Vortag etwas Auffälliges zu erzählen gewusst. Zuletzt knöpfte sich Inspektor Brandner noch das Personal des Kaisercafés vor.

Alles wie immer. Erzählte der Oberkellner. Nur die junge Servierhilfe habe sich heute Früh krankgemeldet. Er müsse wieder einmal zusehen, wie er alleine klarkäme. Denn auch der Chef sei auf Kur. Noch keinen Monat im Amt und schon auf Erholung!

Der Erzherzog bestätigte, dass er kürzlich Karl Grinser als Geschäftsführer engagiert hatte. Den Grinser! Ein Ischler Faktotum. Leider war der auch für den Brandner ein alter Bekannter. Er knüpfte nicht allzu gute Erinnerungen daran.

Als sie versuchten den Urlauber zu erreichen, blieb Grinsers Handy tot. Der Kellner wurde wie alle Befragten zu Stillschweigen beschworen. Der Dieb sollte aus keinen Tratschereien einen Vorteil ziehen. Da platzte der Birngruber herein.

„Jessas, Chef! Ein junges Dirndl ...“

„Was ist los?“

„Eine Verdächtige ... Und zwei Zeugen.“ Der Birngruber keuchte ermüdet von der Ermittlungsarbeit. Mehr noch vom Villenaufstieg.

„Na los! Erzähl!“

„Gestern Abend. Kurz nach Dienstschluss ... Da ist eine junge Frau fortgelaufen. Von der Kaiservilla.“

„Wie hat sie ausgeschaut?“

„Eine Kellnerin. Schwarze Haare, sagt der Schauer. Auch die Ott hat sie gesehen. Hat mit einem Schlüssel hinter sich abgesperrt."

„Hast du ihre Beschreibung?"

„Nuttig, sagt die Ott! Sexy, der Schauer."

„Die Neue", nickte der Oberkellner dazu. Aber die Monika sei eben in Krankenstand. Da gäbe es nur einen, der imstande sei, über sie Auskunft zu geben. Den Grinser. Denn der habe sie engagiert.

***

Es war spät geworden in Ischl. Die Befragungen hatten bis zum Einbruch der Dunkelheit angedauert. Zum Abschluss waren sie noch auf das Gemeindeamt gefahren, um den Bürgermeister zu informieren. Doch seine Vorzimmerdame hatte alles zum Diebstahl aufgeschrieben. Sie würde Bürgermeister Kleinsteindl gleich morgen Früh instruieren.

Auf der Heimfahrt hing der Brandner wie so oft seinen Gedanken nach. Eine junge Frau namens Monika hatte sich also gestern nach Dienstschluss mit einem Trolley aus dem Staub gemacht. Sie hatte das Tor der Kaiservilla auf- und hinter sich wieder zugesperrt. Doch wie der Oberkellner bestätigte, besitze eine Aushilfskraft niemals einen Schlüssel zur Kaiservilla.

Ein erstes Jucken zog durch seine Nase. Es war also etwas faul mit der schwarzhaarigen Monika. Er versuchte sich die Kellnerin in die Stille hinein auszumalen. Ein Zustand, den der Birngruber nie lange aushalten konnte.

„Chef?"

„..."

„Ein ziemlicher Wichtl, der Baumann, nicht wahr?"

„Hm.“

„Wie der antuscht! Berater des Kaisers und so.“

„Seine Ahnen haben immerhin Franz Josephs Uhren geputzt, Seppi.“

„Chef?“

„Ja.“

„Ob’s nur einer war? Ich meine, ein Einzeltäter.“

„Kaum, Seppi. Das riecht nach Auftragsdiebstahl.“

„Also zwei Diebe?“

„Naja, einer gibt den Auftrag, der andere ...“

„So richtig organisiert?“

„Diese Stücke gibt es am Kunstmarkt praktisch nicht. Ein paar Sammler zahlen dafür jede Summe.“

„Wie die Mafia!“

„Wie die Mafia, Seppi.“

„Wahnsinn!“ Der Birngruber wirkte elektrisiert. „Organisiertes Verbrechen im Salzkammergut.“

***

Als der Brandner zuhause eintraf, empfing ihn Bratenduft. Ohne Zweifel. Die Rosi hatte gekocht. Das war nicht selbstverständlich in diesen Tagen. Denn die Rosi hatte neuerdings viel zu tun.

Alles hatte vor ein paar Monaten begonnen. Als sie sich eines Abends zu ihm setzte. Um sich auszuweinen. Über die ständige Zunahme der Hausarbeit, die kaum noch zu bewältigen sei! Über ihr fortgeschrittenes Alter, die verknöcherten Hände, ihren Ischias. Schließlich habe sie feststellen müssen, dass sie finanziell unversorgt sei. Am Ende eines harten bienenfleißigen Arbeitslebens drohe ihr Altersarmut.

Rosi Marek gehörte zum Hause Brandner wie der Brandner selbst. Mehr noch. Sie hatte bereits hier gearbeitet, als er auf die Welt gekommen war. Sie war sein Kindermädchen gewesen, und seit es seine Eltern nicht mehr gab, nun seine Familie. Also hatte er ebenfalls geweint. An diesem Abend. Und so gelang es der Rosi im allgemeinen Gefühlsausbruch, ihm eine Idee unterzujubeln.

Zweifellos hatte sie dieses Hotelprojekt von langer Hand geplant. Er stimmte allem ganz einfach zu. Die Pension Rosi bekam das untere Stockwerk. Vorerst. Keine Woche später feierte sie glanzvolle Eröffnung. Und Rosis Elan zur Führung des Haushalts verlegte sich immer mehr auf dessen Vermietung. Die Chefin nahm alles selbst in die Hand. Von der Zimmereinrichtung über das attraktive Frühstücksangebot bis hin zu der Onlinevermarktung. Bald waren sie ausgebucht.

Man darf sich also vorstellen, wie froh der Inspektor war, als er nach einem langen Arbeitstag endlich wieder einmal Bratenduft in Rosis Küche roch. Täuschte ihn seine Nase nicht, was so gut wie nie vorkam, gab es Schweinsbraten. Und ihre unschlagbaren Rosmarinerdäpfel.

„Da ist er ja!" Sie empfing ihn strahlend im rotweißen Schürzenkleid. Zielstrebig legte seine Perle das Bügeleisen zur Seite und zog ihn zur Küche herein. Drückte ihn sanft in den Sessel vor dem einzigen gedeckten Platz auf dem Küchentisch.

„Wer viel arbeitet, muss essen!"

Er antwortete nicht. Erst einmal sehen, wohin das führt. Ihre Fürsorglichkeit kam ihm auf jeden Fall verdächtig vor. Die Rosi trug ordentlich Braten, Erdäpfel und Stöckelkraut auf. Oben auf die saftigste Schnitte Fleisch legte sie ihm noch reichlich Kruste als Extrastück.

„Du warst in Ischl?"

„Wir hatten zu tun."

„In der Villa?"

„Das ist geheim. Verschwiegenheitspflicht. Du weißt ja."

„Soso geheim ... Wenn man den Erzherzog bestiehlt?"

„Jawohl, ein Diebstahl. Und jetzt gib Ruh! Alles dienstlich."

„Die Sisi ist weg, heißt es."

„Du weißt ...?"

„Wir tauschen uns eben aus. Das Kaiserhaus und ich, wir züchten dieselben Rosen. Das würde dir auffallen, wenn du einmal mit offenen Augen in unseren Garten gehen würdest."

Der Gärtner! Einmal mehr verlor er den Glauben an jede Aufrichtigkeit. Alle Befragten hatten ihm absolute Geheimhaltung geschworen.

Die Rosi war wieder an ihrem Bügelbrett. Immer wieder schüttelte sie laut seufzend den Kopf. Sie schien mit der Abscheulichkeit der gesamten Welt zu hadern.

Der Brandner begann endlich den Braten zu genießen.

„Wenn einer schon so etwas tut." Meinte sie nach einer Weile und schlug das Kreuzzeichen.

„Hm?"

„Einen Erzherzog bestehlen!" Diesen Dieben schien absolut nichts heilig zu sein.

Der Brandner empfand wie sie. Doch er hatte keine Lust, nach einem harten Tag mit der bügelnden Rosi den dunklen Seiten der Menschheit auf den Grund zu gehen. Also griff er zum Teller und war auch schon fast an der Tür. Da kam ihm die Rosi zuvor.

„Gegessen wird in der Küche. Und zwar langsam! So ein Schweinsbraten gehört richtig verdaut!" Sie lächelte wieder. „Und jetzt erzähl endlich, mein Lieber."

„Wir ermitteln in jede Richtung."

„Ein Mordstrum-Loch soll da sein, in der Sisi."

„Es fehlt der Kopf." Gab er widerstrebend zu, da sie ja ohnehin schon Bescheid wusste. Sein Teller war leer. Er stellte ihn in die Abwasch und drückte ihr einen Kuss auf die Wange. Dann sah er zu, dass er nach oben kam. Die Rosi ihm nach. An der Treppe schrie sie ihm nach.

„Lass mir die Großkopferten diesmal in Ruh!"

„Wie kommst du darauf?"

„Denk an das letzte Mal! Du hast dich mit dem Herrn Bürgermeister angelegt!"

Ohne Antwort schlüpfte er in sein Zimmer und schloss die Tür. Das Essen hatte so gut geschmeckt, dass er ohne weiteres, nur mit dem üblichen Verdauungsschnaps, in das weiche Bett kroch. Er dachte noch einmal an Rosis Braten. Vergaß sogar auf den armen bestohlenen Erzherzog. Im Nu war der Brandner eingeschlafen.

***

Es gab keine Pension Rosi mehr. Keine Kurgäste. Keine lügenden Gärtner. Nur eine junge Kellnerin, die sich von der Villa herab durch das Eingangstor stahl. Sie zog einen Trolley hinter sich her. Er lag auf der Lauer. Nahe dem Tor. Schlich ihr hinterher. Durch halb Ischl gingen sie so. Über die Pfarrgasse. Hinkend, fluchend, er spürte bei jedem Schritt das Blei im Bein. Am Bahnhof kam er bis auf wenige Meter heran.

Plötzlich blieb sie stehen. Noch im Umdrehen hatte sie ihr schwarzweißes Kostüm verloren. Sie war keine Kellnerin mehr. Sie trug nichts als einen Kittel am Leib. Weiß. Sie waren auch nicht mehr am Bahnhof, sie waren im Krankenhaus. Er wehrte sich. Doch ihre blau gekleideten Helfer hatten ihn schon auf das OP-Bett geschnallt.

„Dein Musculus vastus ist durchtrennt. Chirurgisch sind diese Kugeln eine echte Herausforderung. Heute kommt die Erlösung.“ Sie lachte bedrohlich.

Der Brandner sah, dass es die Frau Doktor war. Die Messer im Desinfektionsbecken schlugen einen bedrohlichen Klang.

„Heute sparen wir uns die Narkose“, höhnte die Frau Doktor. Ein echter Bulle sei ein Naturbursch! Ein Indianer kenne ja wohl keinen Schmerz.

Falsch! Er kannte ihn. Im grellen Licht der OP-Leuchte jagte sie ihm die erste Spritze ins Bein.

7. August

Am nächsten Morgen erwachte der Brandner weniger frisch als sonst. Dennoch kam er als Erster ins Büro. Weniger aus Pflichtbewusstsein. Vielmehr aus der Not, Rosis Kurgästen zu entfliehen. Ihre Pension brachte ihn noch zur Verzweiflung.

Seufzend setzte er sich auf sein Sofa und blickte hinaus auf den See. Einmal mehr war die Milli da und trug ohne große Worte vor ihm das Frühstück auf. Sie zeigte Mitgefühl. Verständnis für sein häusliches Ungemach. Dabei war es die Rosi gewesen, die ihm Milli Marek vor ein paar Jahren vermittelt hatte. Als eine Sekretärin gesucht wurde, hatte ihm die Rosi ihre Nichte Milli im Vorzimmer platziert. Zweifellos mit der Absicht, stets über alles auf seinem Posten informiert zu sein. Doch Rosis Rechnung ging nicht auf. Die Milli hatte sich längst auf seine Seite geschlagen.

Draußen lichtete sich schon der Seenebel. Es würde ein schöner sonniger Sommertag werden. Mit diesem unvermeidlichen Optimismus begann die Milli ihr gemeinsames Kaffeezeremoniell.

„Schlecht geschlafen, Chef?"

Er griff zu der dampfenden Tasse und nickte abwesend.

„Erst kommt der Regen, dann wieder Sonnenschein, du wirst schon sehen."

„Bestimmt, Milli."

„Und dein Haxerl?"

Mit schwacher Hand wehrte er ab. Er würde ihr nicht erzählen, wie er jeden Morgen schweißgebadet erwachte. Wie er auf dem OP-Bett schon tausend Tode gestorben war. Er würde sich jetzt endlich zusammenreißen und den Fall Sisi-Kopf aufklären.

„Bald taucht der Kopf wieder auf! Du wirst sehen."

„Danke, Milli."

Doch die Realität sah anders aus. Sie war sogar nur zu deutlich zu hören. Der Birngruber ächzte fluchend vom Dachbodenzimmer herab.

„Seppi, geh her!"

„Jawoll ... Chef!"

Tramhapert trollte der Birngruber sich ins Zimmer hinein. Wie immer hatte er seinen Nachtdienst verschlafen. Das war im ruhigen, verbrechensfreien Gmundner Seestädtchen schließlich seit Jahren gutgegangen. Dann war der Banküberfall gekommen. Und nun der Sisi-Diebstahl. Immerhin hatte der Birngruber schon die erste Semmel in Arbeit und schob die Käswurst geräuschvoll im Mund hin und her. Bis er sie endlich hinunterschluckte.

Der Brandner hasste das Ritual. Es torpedierte gezielt jede Dienstbesprechung.

„Hör zu. Wir brauchen die Frau!"

„Die ... Aushilfe."

„Diese Monika ist der Schlüssel." Auch während Birngrubers Frühstücksgeräuschen hielt er an ihrer Besprechung fest.

„Hat ja das Tor abgesperrt, Chef."

„Offenbar kam sie von auswärts."

„Klare Sache. Wenn die ... nicht mal der Schauer kennt."

„Mal ehrlich, Seppi. Würde ein Ischler seinen Erzherzog bestehlen?"

„Sowieso, tut man nicht ... Herzog beklauen."

Ganz genau. Einen Erzherzog bestahl man nicht. Zumindest nicht in Ischl und erst recht nicht, wenn man ein Kaisertreuer war. Also hatte es die Kellnerin, im Falle ihrer Täterschaft, vielleicht im Auftrag von auswärts getan.

„Der Kopf war in ihrem Trolley, das sag ich dir."

„Mmm ... jawoll Chef ... der Trolley." Der Birngruber war mit der Semmel fertig.

„Der Erzherzog", flüsterte die eintretende Milli aufgeregt. Sie hielt ihm mit pinken Fingerspitzen den Hörer hin.

„Jessas, Hoheit! Der Diebstahl? Nicht noch einer!"

„Ach wo! Komm her!"

„Was gibt's denn, Magnus?"

„Wir haben's!"

„Ah so?"

„Jaja. Mit der Kamera."

„Kamera?"

„Na die Überwachungskamera."

Damit hatte der Magnus bereits aufgelegt. Dem Erzherzog war also die Kleinigkeit einer Videoüberwachung eingefallen. Dabei hatten sie ihn gestern ausdrücklich danach gefragt. Missmutig angelte sich der Inspektor seine Dienstwaffe und schob den Birngruber vor sich her. Die Milli würde alleine frühstücken müssen.

***

Sie starrten zu dritt auf das Loch. Oben an der Decke war es tatsächlich kaum auszumachen.

„Ich hatte ja keine Ahnung", murmelte der Erzherzog. „So winzig. Kaum zu glauben."

„Klein wie ein Fliegenschiss", fand der Birngruber.

Der Brandner sagte nichts. Die Kaiservilla war ein Großbetrieb. Vermutlich konnte da der Erzherzog nicht von allen Details eine Ahnung haben. Wie von einer Videoanlage im Vestibül. Dennoch ärgerte er sich. Durch dieses entgangene Detail hatten sie einen ganzen Tag und vielleicht entscheidende Ermittlungserkenntnisse verloren.

„Wer hat das installiert?“, seufzte er endlich und blickte den Erzherzog fragend an.

„Unser Eisl. Er ist seit heute Früh von der Schulung zurück.“

Ein hagerer Mann im Jägergrün stellte sich als Nepomuk Eisl vor. Der Hausmeister. In seinem kleinen Büro blickten alle gebannt auf den Bildschirm. Die versteckten Kameras zeigten einen einzigen Raum. Die Eingangshalle.

„Zwei Kameras. Je 180-Grad-Winkel. Die Halle. Vom Portal bis zum Stiegenaufgang. Dort, die Türe zum Privatgemach.“ Technisch-stoisch im Tonfall erläuterte der Eisl die Bilder im Schnelldurchlauf. „Sieben Uhr dreißig Dienstbeginn ... die Putzbrigade ... Zehn Uhr erster Einlass ... Zehn Uhr dreißig Versammlung vom Jägerverein ... der General Trutzmannsdorf kommt.“ Es ging auf das Tagesende zu. „Die Putzbrigade sperrt die Eingangstür ... Siebzehn Uhr dreißig Halle leer ... Siebzehn Uhr siebenunddreißig ...“

„Das Dirndl!“, keuchte der Birngruber.

„Die neue Kellnerin“, korrigierte der Hausmeister. Atemlos sahen sie auf den Schirm. Eine junge Frau in weißer Bluse mit schwarzem Rock und Strümpfen kam ins Bild. Mit Handschuhen schob sie einen Servierwagen vor sich her. Stoppte vor der Verbindungstüre. Holte einen Schlüssel aus der Rocktasche und schloss auf. Dann verschwand sie hinter der Türe ins Privatgemach. Keine Minute später kehrte der verhängte Servierwagen zurück ins Bild. Die Frau versperrte die Türe wieder, schob den Servierwagen in Richtung Kaisercafé. Aus dem Bild.

Der Hausmeister stoppte das Video.

„Halt! Noch einmal zurück!“

Aufmerksam verfolgte der Brandner, wie die junge Frau rückwärtsging. Schließlich gab er dem Eisl das Zeichen für Stopp.

„Machen Sie mir bitte einen Ausdruck von ihrem Gesicht. Auch einen von der ganzen Figur mit Trolley, geht das?"

Der Eisl nickte.

Dann wandte sich der Brandner dem Hausherrn zu. „Wieso hat die einen Schlüssel?"

„Das kann nur einer wissen!" Der Erzherzog bemühte sich nicht mehr, den Zorn zu verbergen.

„Der Grinser", schimpfte der Eisl. „Der hat die Monika eingestellt. Es gibt so Gerüchte ..."

„Gerüchte?"

„Nun ja, dass die ... also dass die noch anschaffen geht."

„Eure Majestät?" Ein vorsichtiges Klopfen in der Tür unterbrach ihr Gespräch. Der Kopf des Ferialpraktikanten erschien. „Der Herr von Grinser. Ich soll's ja sagen, wenn er vom Urlaub kommt. Der Herr wär jetzt wieder da."

Während der Erzherzog vom Burschen noch einen dringenden Anruf gereicht bekam, bat er die Polizisten, bereits ins Café vorauszugehen.

***

Sie fanden den Grinser tatsächlich an seinem Arbeitsplatz. Über die Theke gebeugt vergnügte er sich am Tortenbuffet. Der Brandner wunderte sich, wie man es schaffen konnte, eine Kardinalschnitte ganz in den Mund zu schieben. Doch der Herr Direktor hatte die Lösung. Und er schluckte sie hinunter, als er die Polizei vor sich stehen sah.

„Der Herr Grinser."
„Hmpf ... Brandner!"
„Du hast also einen neuen Job?"
„Das Kaiserhaus ... hat sich meiner Dienste versichert. Ich bin der Direktor hier!" Mit wiedergewonnener Fassung fuhr der Herr Direktor großspurig mit dem Arm durch die Luft. Er gab sich betont zufrieden. „Was treibt euch her? Parkt unsere Kutsche falsch?"
„Du hast eine Kellnerin eingestellt."
„So ist es. Etwa verboten?"
„Natürlich nicht. Bei *diesem* Andrang hier." Bewusst herausfordernd blickte der Brandner sich um. Der wutschnaubende Grinser und sie waren die einzigen im Raum. Erst als der Erzherzog eintrat, ging ein Ruck durch Grinsers Gestalt. Sein formvollendeter Buckel nötigte sogar dem Brandner etwas wie Bewunderung ab.
„Sagen Sie, Grinser, bei uns arbeitet nun eine Aushilfe?"
„Sehr wohl, Hoheit. Fräulein Monika, ausgezeichnete Kraft. Serviert jetzt zur Hochsaison."
„Mag ja sein, nur dass sie heute krank ist."
„Äh ... ja."
Gut, dachte der Brandner schadenfroh. Man hatte den Idioten noch nicht informiert. „Dürfte ich bitte die Krankmeldung sehen?"
„Naja. Also das Fräulein Monika ... Ihre Anmeldung läuft bereits."
„Soso", mischte sich der Inspektor nun ein. „Birngruber! Notieren! Hier gibt es Schwarzarbeit!"
„Jawoll, Chef!"
„Und der Schlüssel, Herr Grinser?"
„Der Schlüssel, Hoheit?"
„Na zum Privattrakt."

„Selbstverständlich." Mit gewinnendem Lächeln wandte sich der Herr Direktor dem Erzherzog zu. Er ging zum Schreitisch und schloss die unterste Lade auf. Sie war leer. Rasch öffnete er alle übrigen und durchwühlte sie.

„Sie haben ihn doch nicht verloren?"

„Hoheit, ich bin sicher ..."

„Finden Sie ihn, Grinser! Darüber reden wir noch!"

„Sehr wohl, Hoheit."

„Nun haben diese Herren ein paar Fragen an Sie!"

Mit einem Nicken zum Inspektor rauschte Erzherzog Magnus zur Halle hinaus. Allein mit dem Grinser, sahen sie die Schweißperlen auf seinem roten Schwitzgesicht.

„Also, Direktor! Wer hat denn nun Zugang zum Privattrakt?"

„Die Hoheiten. Ich selbst habe noch den Generalschlüssel."

„Der ja verschwunden ist! Einen eigenen Schlüssel, wozu überhaupt?"

„Die Familie verlangt hie und da etwas. Dann bringe ich es vom Café in die Gemächer hinauf."

„Wenn also die Erzherzogin Lust auf Strudel und heiße Vanillesoße verspürt, geht der Herr Direktor und ..."

„Ich sperre auf", schnaubte der Grinser, „und schicke den Kellner."

„Oder das Fräulein Monika, das heute krank ist."

„Hast ja gehört, Brandner! Meine Leut' können euch doch egal sein!"

„Mag sein." Er sprach gelassen und leise. „Nur nicht ... wenn sie hier stehlen."

„Wie?"

„Hast ja gehört, Grinser!" Er imitierte den barschen Tonfall des anderen.

„Himmelherrgott!“

„Genau, Grinser. Man hat der Sisi den Kopf geklaut.“

„Unsere Sisi! Das ist ja eine Katastrophe!“

Der Brandner war zwar nicht stolz darauf, doch insgeheim weidete er sich an Grinsers Tragödie. Der Zumbusch-Sisi kam für Bad Ischl größte Bedeutung zu. Einmal im Jahr karrte der örtliche Tourismusverein sie eigens ins Museum hinüber, um sie dort herauszuputzen. Die Ischler trieben es längst viel zu bunt mit ihrem Kaisergeburtstag. Es ging wie auf dem Jahrmarkt zu.

„Dein Fräulein Monika hat ihn gestohlen!“

„Für die Moni leg ich glatt die Hand ins Feuer!“

„Deine Moni. Ich kann's mir vorstellen, Grinser!“

„Der Ton gefällt mir nicht.“

„Sie soll ja nicht nur kellnern ...“

„Was meinst du, Brandner?“

„Auch noch anders gefällig sein. Gegen ein bisschen Geld.“

„Du Hund! Auf die Moni lass ich nichts ...“

„Papp'n halten!“, brüllte der Birngruber den Grinser nieder. Er baute sich vor dem Direktor zur vollen Größe auf. Böser Bulle. Grandios! „Unter uns, Grinser. Wie bist du zu deiner Kellnerin gekommen?“

„Das geht euch ...“

„Wir können auch anders, Grinser! Woher?“, setzte der Brandner nach. Auch er schrie nun.

„Ich hab sie im ... Happy Cat kennengelernt. Beim Chinesen. Sie hat gekellnert. Wir sind uns ... nähergekommen.“

„Und schon war sie für das hier qualifiziert.“

„Immerhin hat sie schon im Gewerbe gearbeitet. Sie brauchte den Job. Hat die Moni selbst gesagt. Dann hat auch noch der Bürgermeister interveniert.“

„Wo sind die Papiere der Dame?“

„Die sind noch beim Bürgermeister. Ihr Anstellungsvertrag kommt dann zu uns in die Ausfertigung."

„Aha!"

Es sah dem Grinser ähnlich, sich auf den Bürgermeister Kleinsteindl auszureden.

„Sie hat ja erst angefangen, Brandner. Es ist ihr Probemonat."

„Ihre Adresse, Grinser!"

„In Gmunden lebt sie. Glaube ich."

„Wieso Gmunden?"

„Herrgott Brandner, ich kenne sie doch kaum! Höchstens einmal hab ich sie auf dem Rathausplatz abgesetzt! Sie hat ja kein Auto und fährt mit der Salzkammergutbahn. Vielleicht lebt jemand von ihrer Welser Familie dort."

Birngrubers Blicke ließen den Brandner schmunzeln. Auch der fragte sich, woher einer so viel wusste über ein Dirndl, das er praktisch kaum kennen wollte. Der Grinser war eben ein leichtes Opfer gewesen. Für eine schwarzhaarige Schönheit wie die auf dem Video.

„Ab mit dir, Grinser! Ins Museum. Ihre Hoheit wartet schon!"

Heilfroh endlich auszukommen, machte sich der Direktor aus dem Staub. Als sie ins Freie traten, musste der Brandner lachen. Die herrlichste Augustsonne schien. Lange schon hatte sich ein Verhör nicht mehr so gut angefühlt.

***

Der Brandner hatte beschlossen, wieder einmal auf dem Ischler Polizeiposten nach dem Rechten zu sehen. Auch wenn der Kollege Brandstätter dort nur den Verkehr machte. Was so viel hieß, wie Straßen zu regeln, Schüler in diese Gefahren einzuführen und den Rasern der Wolfgangseestraße auf die Gaspedalbeine zu schauen. Immerhin war der Brandstätter aber nun einmal seinem Kommando unterstellt. Vor dem dortigen Besuch galt es aber noch, den Birngruber in seinem neuen Auftrag zu instruieren.

Der Brandner und der Birngruber erreichten den Bahnhof. Da stand sie. Eine Garnitur der neuen Salzkammergutbahn. Die Gmundner waren mit ihrem Teil ja vorangegangen. Nun hatten die Ischler die Lücke geschlossen. Die Neueröffnung des Schnellzugs galt als das Prunkstück der kommenden Ischler Kulturhauptstadt. Mit Verbindung von Gmunden nach Ischl. Oder, wie die Ischler betonten, von Ischl nach Gmunden! Sie selbst stiegen allerdings noch etwas zögerlich in ihre neue Tram. Nicht nur aus Abneigung gegen die Gmundner. Sie fanden schlicht, dass es daheim in Ischl ja ohnehin am schönsten war. Und so blieb eben ein jeder lieber an seinem Ort. Die Gmundner in Gmunden. Die Ischler in Ischl. Bis auf die Monika, dachte der Brandner. Er ließ den Birngruber aussteigen, kurbelte die Scheibe herunter und reichte ihm noch die Fahndungsfotos aus der Kaiservilla.

„Monika Mayrhofer, Seppi. Sie ist deine Zielperson."

„Falls sie wirklich so heißt, Chef."

„Die arbeitet wohl ohne Meldung. Dem Grinser hat sie bestimmt keine Papiere gezeigt."

„Der frisst ihr aus der Hand, Chef."

„Du machst sie dingfest, Seppi. Indem du tust, was jetzt alle tun."

„Und was tu ich, Chef?"

„Öffentlich fahren."

„Klare Sache, Chef! Dann zeige ich also das Bild ..."

„Jedem Fahrer, der am 5. August abends nach Gmunden gefahren ist. Auch an den Abenden davor. So wie es der Grinser erzählt hat. Wer täglich fährt, den merkt man sich. Bei solchem Betrieb!“ Er deutete auf die Garnitur am Abfahrtsbahnsteig. Blitzsauber. Und leer.

„Klare Sache!“

„Vielleicht hat ein Fahrer gesehen, wo sie ausgestiegen ist. Oder ob sie in Gmunden wohnt.“

„Jawoll, Chef!“

„Und wenn du sie findest, dann verhaftest du sie nicht! Du meldest dich sofort, klar?“

„Klar. Aber das dauert vielleicht ...“

„Kein Stress, Seppi. Wir sehen uns auf dem Revier.“

***

Der Birngruber schwitzte. Wieso hatte er sich auch den Schauer und die Ott noch einmal vornehmen müssen. Vielleicht war das nicht die allerbeste Idee. Sie waren aber im Bahnhofscafé gesessen. Er sei nicht plemplem, hatte der Schauer gesagt. Irrtum ausgeschlossen. Genau so war das, hatte auch die Ott gemeint. Das Fräulein Annie sei da gewesen. Punkt. Aus. Jetzt hatte er aber das Gwirkst! Es waren nun einmal offizielle Zeugenaussagen. Natürlich hatte er die Annie gleich damit konfrontiert. Die Bahn musste noch warten. Denn jetzt war die Annie eben ein bisschen erregt.

„Ich hab’s dir doch gesagt. Dass ich den ganzen Tag im Buchladen war!“

„Der Schauer sagt was anderes.“

„Dann lügt er.“

„Freilich, Annie. Ich glaub dir ja!“

„Das merkt man.“

„Vielleicht hattest du einen Gang dort hinauf und hast es dann wieder vergessen.“

„Denkst du, ich bin senil?“

„Natürlich nicht, Annie. Aber auch die Ott sagt, dass du dort warst. Du hättest das Dirndl abgepasst. Direkt vor dem Tor."

„Die Alte?" Annie Kurz machte kreisende Bewegungen vor ihrem Kopf. „Der glaubst du?"

„Naja ... eh nicht."

„Und dem Schauer?"

„Schon, Annie. Nur da ist halt so eine ... Diskrepanz."

Der Chef verwendete manchmal dieses Wort und hatte es ihm erklärt. Im Umgang mit Damen vom Schlag Annies war es wichtig, dass man schön und sensibel sprach.

„Sie sagen, dass du der Monika nachgeschlichen bist. Von der Villa weg. Am 5. August."

„Bin ich nicht! Ich kenn gar keine Monika."

„Die Mayrhoferin. Der du nachgegangen bist. In Richtung Bahnhof."

„Sagt die Ott."

„Der Schauer auch."

„Leut' so auszurichten, eine Frechheit! Die Ott ist gaga, das weiß doch ein jeder!"

„Jetzt hab ich halt ein Problem, Annie."

„Scheint mir auch so!", schnaufte sie. Der Birngruber schien zwar nicht ganz blöde, aber stur konnte der wirklich sein!

„Weil ich's ja offiziell stehen hab. Im Bericht."

„Dein Problem."

„Na und was tu ich jetzt?" Der Birngruber griff sich verzweifelt an den Kopf.

Die Annie war sichtlich kurz davor, die Geduld zu verlieren. „Die haben mich eben verwechselt. Mit einer anderen."

„Siehst du, Annie! Da haben wir's! Eine Verwechslung!"

„Sag ich doch die ganze Zeit!“

„Entschuldige, Annie.“

„Und jetzt? Du kannst ja schreiben, was du willst. Aber herzukommen brauchst du dann nicht mehr!“

„Na wenn’s also doch eine Verwechslung war ...“, beeilte er sich sichtlich beunruhigt.

„Dann muss das auch nicht in deinen Bericht“, schloss die Annie.

„Klare Sache.“

„Siehst du, Seppi! Wenn halt nur alle so ehrlich wären wie du. Dann bräuchten wir keine Polizei.“

***

Chefinspektor Gustav Brandner war völlig entspannt. Er hatte endlich das gemacht, was er schon sehr lange geplant hatte. Blau. Nun zappelten vier Reinanken und drei Forellen in seinem Fischerkübel am Fenster zum See. Persönlicher Nachmittagsrekord.

Wohlwollend blickte er auf die Teilnehmer der Dienstbesprechung: Aspirantin Milli Marek, derzeit als Postensekretärin eingesetzt, und Revierinspektor Josef Birngruber. Der war eben von seiner Befragung der Salzkammergutbahnfahrer zurückgekehrt.

„Die Spur führt also tatsächlich nach Gmunden, Seppi?“

Der nickte. Er erhob sich vom Sessel vor dem Schreibtisch des Chefs und räusperte sich bedeutungsschwer.

„Ich konnte herausfinden, dass sich Bahnführer Koppl an die Fahrt vom 5. August um 19:07 Uhr ab Ischl erinnert. Es gab einen weiblichen Fahrgast mit der Beschreibung der Monika Mayrhofer. Ein fesches Dirndl, so der Koppl. So eine sei ihm natürlich schon längst aufgefallen. Außerdem sei er am 5. ganz alleine gewe-

E.♥A.

sen mit ihr. In seiner Tram. Ausgenommen ein zweiter Fahrgast ganz hinten. Hier habe ich noch nichts weiter in Erfahrung gebracht."

Der Birngruber hüstelte, als müsste er seine Erkenntnisse noch einmal geistig neu ordnen.

„Die Monika Mayrhofer, wir nehmen das einmal an, ist regelmäßig verkehrt. Sagt der Koppl. Immer abends von Ischl nach Gmunden. Diesmal hat sie auch einen ... roten Trolley bei sich gehabt!"

Der Birngruber setzte eine triumphierende Miene auf.

„Bravo, Seppi!", nützte der Brandner die Kunstpause. Auch die Milli nickte anerkennend.

„Außerdem, sagt der Koppl, sieht er sie auch immer, wenn er den Frühdienst hat. Von Gmunden nach Ischl. Sie fährt immer vom Rathausplatz Gmunden bis Endstation Ischl Bahnhof, die Mayrhoferin. Wir kombinieren: Sie ist also täglich zu dieser Zeit gefahren."

„Sehr gut, Seppi. Weiter bitte."

„Manchmal ist sie abends auch noch hinauf in die Kirchengasse gegangen. Sagt der Koppl. Und dann im Spieswirt verschwunden. Den übrigen Fahrern ist die Mayrhoferin nur teilweise aufgefallen. Das war's", schloss der Birngruber seinen Bericht.

„Spitzenklasse!", lobte der Brandner. „Jetzt Milli, bitte."

„Das System spuckt mit dem Namen Monika Mayrhofer ein Dutzend Personen in Oberösterreich aus. Nur diese passt!" Sie wedelte dazu mit dem Foto der Überwachungskamera. „Monika Mayrhofer, geboren in Wels. Siebenundzwanzig Jahre alt. Offiziell ohne Job. Bekommt die Arbeitslose. Zuletzt wohnhaft als Untermieterin in Wels, Vogelweiderstraße 13. Nur wohnt die dort wohl schon lange nicht mehr."

„Die schafft also wirklich schwarz für den Grinser!“

„Genau, Seppi. Weiter, Milli.“

„Vermutlich arbeitet sie in Ischl schon seit Wochen als U-Boot.“

„Da kam ihr wohl die Idee zum Diebstahl.“

„Der Grinser hat behauptet, dass er sie im Chinarestaurant kennengelernt hat.“

„Aber da sie immer abends nach Gmunden fährt“, Inspektor Brandner blickte aufmunternd in die Runde, „werden wir alles durchkämmen. Die wohnt hier, Kollegen!“

„Wir greifen sie uns!“, rief die Milli.

„Gleich morgen Früh, Chef“, ergänzte der Seppi. Nach einem Blick auf seine Uhr.

***

Am Nachhauseweg beschloss der Brandner, gleich selbst noch im Spies vorbeizusehen. Er stellte sein ehrwürdiges Waffenrad an die gelbe Hausmauer mit dem historischen Schriftzug: Weinhaus Spiesberger. Der Spies. So nannte ein jeder in Gmunden den Wirt. Obwohl der eigentlich Klaus Ötzlinger hieß.

Es war zwar noch nicht richtig Abend, doch der Brandner fand seinen Stammtisch schon ziemlich gefüllt. Der Spies selbst stemmte am Abgang zur Küche mit einer Hand ein Tablett voller Bierkrüge. In der anderen eine Pfanne voller Kaiserschmarrn.

„Servus, Brandner! Hier deine Halbe.“

Einer der Krüge landete vor ihm auf dem Tisch.

„Danke, heute bleibt's bei dem.“

„Geht's dir nicht gut, Brandner?“

„Ach wo. Ich hab was Dienstliches.“ Damit kramte der Brandner die Fahndungsfotos hervor.

„Wenn's wegen dem Buben ist, der Pezi schwört mir, dass er das Auto vom Hinterwirth nicht angefahren hat. Außerdem soll der seine Semmeln halt früher liefern!"

„Ach wo! Um die da geht's."

„Eine Kellnerin?"

„Schau genau hin. Hast du sie vor kurzem bedient?"

„Freilich!" Der Klaus sah sich nach fremden Ohren um. „Fescher Has! So eine vergess ich nicht. War gleich ein paarmal da."

„Was wollte sie denn?"

„Immer dasselbe. Würstel mit Saft."

„Und sonst?"

„Nur so einen ... Nerventee. Salbei oder Baldrian. So ein Zeug!"

„Und sonst? Was hat sie gesagt?"

„Ob sie bei mir schlafen kann."

„Aha."

„Nicht was du glaubst. Ein Zimmer hat sie gesucht!"

„Hast du ihr helfen können?

„Sie suche etwas ... Verschwiegenes. Ja, genau so hat sie gesagt."

„Was Verschwiegenes. Und was hast du gesagt?" Er wurde langsam ungeduldig mit dem langsamen Wirt.

„Ist doch klar!"

„Wieso klar?"

„Ich hab ihr natürlich den Krapfenberger empfohlen."

8. August

Sie schlug die Augen auf. Draußen war es schon hell. Stimmen drangen hinter dem Vorhang von der Traungasse herauf. Es war wohl wieder irgendwo Wochenmarkt. Sie durchmaß alles mit Blicken. Begann das Zimmer zu hassen. Ein Gefängnis, das sie die letzten Tage kaum verlassen hatte. Nur um das Nötigste zu organisieren. Die paar Quadratmeter. Vom Fenster zur Garderobe. Zur Tür. Zum röhrenden Hirschen. Zurück zum Fenster. Das Mobiltelefon vibrierte. Ohne große Eile hob sie ab und hörte, was die Stimme am anderen Ende zu sagen hatte.

„Keine Chance“, sagte sie nur. Dann legte sie auf, schaltete ab. Sie ließ sich auf keine Diskussionen mehr ein! Sie lüftete den Vorhang und riskierte noch einen Blick in den Spiegel. Müde Augen. Doch alles in allem besser als erwartet nach der letzten Nacht. Sie würde mit den Anrufern klarkommen. Wie um sich von einer Last zu befreien, schüttelte sie ihre Schultern. Eine heiße Dusche könnte jetzt helfen.

Es wurde ein langes Bad daraus. Frisch gewärmt kletterte sie zurück ins Bett. Sie fand ihren Slip und schlüpfte hinein.

Als sie sich wieder in ihre Decke gekuschelt hatte, vielleicht fände sie doch noch ein wenig Schlaf, hörte sie ein Klopfen. Leise. Fast nur ein Tippen. Wie elektrisiert sah sie zur Tür.

„Wer ist da?“

Wieder ein Klopfen. Lauter. Fordernd.

„Wer ist da?“

Eine Stimme antwortete. Ein Flüstern. Unmöglich zu verstehen.

Und erneut ein Klopfen.

Es kostete sie alle Überwindungskraft, den Schlüssel zu drehen, die Klinke zu drücken. Nicht ohne zur Sicherheit ihr Bein dagegenzustellen. Einen Spalt breit öffnete Monika Mayrhofer die Tür.

***

Der Krapfenberger war aufgeregt. Schließlich bekam man nicht alle Tage Besuch von der Polizei. Vom Bezirksinspektor in Ruhe Reisinger Max einmal abgesehen. Aber das war der Altherrenstammtisch. Jetzt kreuzten der Brandner und der Birngruber im Duo auf! Legten ihm nahe, Auskunftsperson in einem Kriminalfall zu sein.

Eine junge Frau. Noch vor kurzem gesehen in der Innenstadt. Vermutlich in Gmunden aufhaltig. Vielleicht, so der Brandner, in seinem Hotel.

„Als Luxushotel dieser Stadt. Als echter Gmundner, als Ehrenmann, Gustl. Ich schwöre dir, ich hab doch keine Kriminellen bei mir!"

„Schon gut, Krapfi. Wir sind nicht hinter dir her. Sag uns einfach, ob die bei dir wohnt."

Der Birngruber hielt ihm ein papierenes Foto hin, offenbar Überwachungskamera. Serviererin. Sah aufregend aus. Genau sein Typ. Doch da gab es dem Krapfenberger einen Stich.

„Maislinger ... Monika", sagte er mit tonloser Stimme. „Hat vor ein paar Tagen eingecheckt."

Der Brandner und der Birngruber wechselten einen Blick. Vermutlich hatte der Krapfenberger falsche Papiere gesehen.

„Kam sie mit viel Gepäck?"

„Ein Koffer", erinnerte sich der Wirt. „Zusätzlich so ein rotes ..."

„Ein Trolley?"

„Genau! Ein roter Trolley. Den hatte sie immer bei sich. Ging mit ihm Tag für Tag außer Haus."

„Na und? Wo ist sie?"

„Zimmer dreiunddreißig. War noch nicht beim Frühstück. Muss noch oben sein. Die letzten Tage war die kaum zu sehen."

„Wann zum letzten Mal?"

„Gestern Abend. Um neun. An unserer Rezeption kommt ja keiner vorbei."

„Du hast sie also ins Hotel kommen gesehen?"

„Gesehen ... nicht direkt. Aber ich habe sie im Lift fahren gehört."

„Soso. Das muss also von allen Gästen natürlich diese Monika Maislinger gewesen sein."

„Ich ... Wir haben zurzeit nicht viel ... Belegung."

Das Ganze war dem Krapfenberger sichtlich unangenehm. Der Brandner machte sich so seine Sorgen über den Brunnenwirt. Er schwang nächtelang das Tanzbein. Auch als Präsident wohltätiger Vereine ging er gerne oft außer Haus.

„Stürmen, Chef?" Der Birngruber spannte hoffnungsfroh seinen massigen Körper. Der Brandner schüttelte den Kopf und winkte ihm nach oben zu folgen. Der Krapfenberger kam hinterher.

Sie standen vor Tür dreiunddreißig.

„Zugriff", hauchte der Birngruber. Wie üblich. Er machte auf Rambo. Sogar mit gezogener Dienstwaffe und so.

Der Brandner steckte seinem Assistenten die Pistole zurück in den Halfter. Dann legte er den Zeigefinger an seinen Mund. Klopfte an der Tür.

Noch einmal.

Keine Antwort.

Der Krapfenberger half mit seinem Generalschlüssel aus. Behutsam drückte der Brandner die Türe auf.

„Himmelarsch!“, entfuhr es dem Birngruber.

Vorsichtig schlug der Brandner die Decke zurück. Es sah aus wie im Märchen. Ihr schwarzes Haar auf dem Polster. Die Haut weiß wie Schnee. Wunderschön. Ein Blick auf das Fahndungsfoto genügte. Die Kellnerin vom Kaisercafé. Monika Mayrhofer war tot. Die Leiche, das Gesicht weckte in ihm noch eine Erinnerung. Tatsächlich! Wie Sisi. Wie einst die Züge der Kaiserin.

„Mariandjosef!“, keuchte da der Krapfenberger und deutete ungläubig auf die Bettseite. Auf das Blut auf dem Teppich. „Das schafft keine Reinigung.“

„Ist ja nicht gerade die Superior Suite“, brummte der Birngruber.

„Wie erkläre ich das nur der Versicherung?“

Der Brandner bedeutete ihnen zu schweigen. Der Birngruber beschnupperte noch immer die Leiche, der Wirt rutschte auf seinem Teppich herum.

„Krapfenberger, reiß dich zusammen! Bring die Gummihandschuhe. Und diese Schuhsäcke!“

Der Wirt nickte. Sichtlich froh, in die Küche verschwinden zu können. Dagegen schien sich der Birngruber noch an der Leiche schaffen machen zu wollen.

„Seppi! Hinaus mit dir!“

Er fand es traurig, dass er ihn überhaupt daran erinnern musste nichts anzufassen. Jedes Detail konnte von größter Bedeutung sein. Spuren waren rasch vernichtet. Der Seppi hatte schließlich Begabung darin.

Erst als der Krapfenberger mit dem Gewünschten zurückgekehrt war, zog sich der Brandner alles über und ließ seinen Blick durch das Zimmer schweifen. Er durchsuchte den Mantel, sauber gefaltet über dem Stuhl. Griff in die Taschen des schwarzweißen Kostüms am Türhaken. Wühlte durch das auf dem Boden verteilte Zeitungspapier. Er sah in den Schränken nach. Der Trolley fehlte!

„Was macht ihr da?“

Sie schreckten hoch. In der Tür stand Doktor Fuchs. Die zuständige Gerichtsmedizinerin des Salzkammerguts war schwarz gekleidet. Sehr passend, dachte der Brandner. Allerdings trug sie wie immer hohe Stöckelschuhe dazu.

„Darf ich?“ Schon hatte sie ihn beiseitegeschoben. Gewissenhaft überzeugte sie sich selbst vom Exitus.

„Wieso bist du hier?“

„Euer Wagen, Brandner. Mitten in der Traungasse. Normalerweise ruft man mich!“ Er hörte den Vorwurf in ihrer Stimme.

„Wir wollten dich gerade holen!“

„Schaust du halt rein, hab ich gedacht. Wo doch der Krapfi immer so süß ist zu seinen Gästen.“

Der Wirt bekam seine Glatze rot.

„Wer ist die?“

„Monika Mayrhofer, Frau Doktor“, beeilte sich der Birngruber mit der Antwort.

Natürlich schleimte sich der Seppi wieder ein.

„Ach wirklich?“

„Klare Sache. Kellnerin aus Bad Ischl. Wir haben s’ auf Video.“

„Ihr habt sie auf Video, Josef?“

„Jaja. Hat dem Erzherzog die Sisi geklaut!“

„Die Sisi! Nein, wie schrecklich, Josef ...“

Der Brandner zog den Birngruber zu sich. Jeder in Gmunden wusste, dass die Füchsin aktuell mit dem Brenner verbandelt war. Mundl Brenner vom *Gmundner Tipp* galt als blendender Schreiber. Aber auch als äußerst sensationsgeiler Redakteur. Verplapperte sich der Birngruber, las man ihre Ermittlungen morgen druckfrisch im Salzkammergut.

Frau Doktor Fuchs beugte sich lächelnd über ihr Arbeitsgebiet. Sie ahnte wohl, was sich hinter ihrem Rücken so tat. Drei Männer, die vorgaben wegzuschauen. Den Krapfenberger verwunderten die wohlgeformten Muskeln nicht. Er sah die Frau Doktor täglich frühmorgens an der Traun ihre Runden drehen. Doch nie endete ihr Kostüm so weit über dem Knie. Und wie der Birngruber glotzte! Da drehte sich die Frau Doktor lächelnd zu ihrem Publikum.

„Der Hergang ist klar. Jemand dringt ein. Sie wehrt sich. Er fesselt sie an das Bett. Traktiert sie mit Werkzeugen. Hm ... symmetrisch ... vielleicht Beißzange! Vielleicht Tortengreifer, Nussknacker, irgendetwas zum Greifen, Zwicken ...“

„Folterei!“, stöhnte der Birngruber. Dem wurde immer schlecht, sobald Gewalt ins Spiel kam.

„Warum hat sie nicht geschrien?“, fragte der Krapfenberger.

„Ja, warum?“ Sie sah den Brandner fragend an. Dann deutete sie auf ein Knäuel Papier und Klebeband auf dem Boden. „Siehst du das Hämatom? Man hat sie niedergeschlagen. Das Papier war nicht nur zum Einpacken gedacht. Man hat ihr auch was in den Mund gestopft.“

„Todesursache?“

„Nach der Obduktion.“

„Und Todeseintritt?“, fragte der Brandner.

„Wann habt ihr sie gefunden?“

„Kurz nach neun Uhr.“

„Wer hat sie zuletzt lebend gesehen?“

„Ich. Gestern Abend gegen neun", sagte der Krapfenberger.

„Na also!", meinte die Füchsin fröhlich. „Zwischen neun und neun! Wo bleiben die Burschen? Müssten längst da sein!"

Frau Doktor Fuchs hob eine Braue und sah ihn scharf an. Vorsicht! Eine wie die Füchsin konnte sie anschwärzen bei den Linzern.

„Wir haben schon angerufen", log der Brandner also. „Seppi, nochmal die Linzer! Sag, dass es dringend ist."

***

Der Krapfenberger hatte die Füchsin noch mit Schampus bestochen. So konnten sie das Zimmer in Ruhe fertig durchsuchen. Während der Birngruber unten vor der Bar Schmiere stand, steckte der Brandner ein, was er fand.

Es dauerte keine Dreiviertelstunde, dann war die Mordgruppe da. Wie immer hatte Frau Oberst Karl ihre Assistenten dabei. Sie langten in ihre Riesenkoffer und legten die weißen Ganzkörperanzüge an. Auch die Frau Oberst selbst sah wie ein Raumfahrer aus.

„Was haben wir?", wandte sie sich direkt an die Frau Doktor.

„Ausgeknockt. Ein Mordshämatom. Als sie wieder zu sich kam, fand sie sich wohl mit diesem Knebel im Mund. Man hat sie gefoltert."

„Gefoltert?"

Die Füchsin deutete stumm auf die blutunterlaufenen Stellen.

Die Frau Oberst verstand.

„Todeseintritt bis zwei Stunden vor neun in der Früh. Um neun waren ja schon die Bezirkssheriffs da."

„Um neun?“ Oberst Karl hob eine Braue. Der Brandner fühlte sich etwas ungemütlich. Es war elf Uhr.

„Ich muss dann ...“, meinte Frau Doktor Fuchs lächelnd. Sie nickte dem Brandner nur zu und verabschiedete sich von Oberst Karl. Wieder einmal hatte sie erfolgreich Unfrieden gesät.

„Unser Fall“, meinte die Frau Oberst zu ihren Raumfahrern.

Was das bedeutete, wusste der Brandner. Der Fall lag nun erst einmal beim KFK. Er hatte seine Erfahrungen mit dem Kommando für Kapitalverbrechen. Die hielten dicht.

„Werde ich jetzt ein ... Kriminalfall?“ Die Aufregung stand dem Brunnenwirt im Gesicht.

„Sie haben nichts zu befürchten, Krapfenberger“, beruhigte ihn Oberst Karl, indem sie ihn schon am Gang in eine der nahen Sitzloungen schob. Sie würde ihm nur gerne ein paar Fragen stellen. „Wir halten Sie auf dem Laufenden, Brandner.“

Mit hängenden Köpfen traten sie gleich nach Frau Doktor Fuchs auf die Traungasse. Die Frau Oberst hatte sie einfach hinausgeworfen.

„Todeszeitpunkt bis zwei Stunden vor neun. Geht es nicht ein bisschen genauer?“

„Du nervst, Brandner. Alles nach dem Schnippeln. Ihr seid echt nicht die einzigen!“

„Aber ...“

„Und aus! Jetzt brauchen mich einmal die Lebenden.“ Die Zigarette im Mundwinkel, stöckelte die Füchsin über das Pflaster hinab zum See.

„Der Totenschein! Ich melde mich!“

„Irrtum, Brandner. Wir melden uns!“

***

Frustriert marschierten Chef und Revierinspektor die Traungasse hinab. Die Frau Oberst hatte ihnen den Fall entzogen. Der Birngruber schlug vor, was er immer vorschlug. Einfach die Stimmung wegessen! Es gäbe jetzt die Fischwoche im Gasthaus Schwan.

Der Seppi würde keine Ruhe geben. So viel war dem Brandner klar. Denn es war Essenszeit. Die Milli würde auf dem Posten noch die Stellung halten, sie war mit kosmetischen Experimenten zugange. So stimmte er zu.

Kurz darauf nahmen sie im Gastgarten gegenüber dem Rathaus Platz. Es herrschte Kaiserwetter. Der Rathausplatz hatte sich nach der Regenwoche nun wieder gefüllt. Auch auf dem Wasser zog die Fähre ihre Kreise. Kinder traten in bunten Booten über das Wasser. Hunderte kleine Schiffe schaukelten vor sich hin. Man genehmigte sich ein Eis im Café Kandur. Oder kam auf eine Schaumrolle zum Grellinger. Gmundner und Gäste gingen ihren Vergnügungen nach. Wie schon vor hundert Jahren. Alles gut.

„Ah, die Bezirkspolizei!"

Der Schwanwirt selbst stand vor ihnen.

„Stimmt es, Brandner, was der Brunnenwirt herumtelefoniert? Er hat eine Leiche da oben?"

„Stimmt schon."

Der Brandner war wütend. Ganz nach seiner Art hatte der Krapfenberger also geplaudert. Schon heute Abend würden sich die Gmundner die Mäuler zerreißen. An den Stammtischen würden sie die Sicherheitslage der Stadt heiß diskutieren. Er konnte ihre Stimmen hören. Erst der Sparkassenraub. Dann Korruption bei der Salzkammergutbahn. Und jetzt noch die Tote im Brunnenwirt. Wozu hatte man eigentlich die Bezirkspolizei? Der Redakteur Brenner würde dann mit seiner nächsten Schlagzeile das Übrige tun.

„Weißt du, Brandner. Ist nicht gerade super für das Geschäft, wenn die Leut' bei uns sterben wie die Fliegen. Erst der Bankräuber. Jetzt noch die Brunnenleiche. Und keine Festnahmen!"

„Schon gut, Schwan! Wir tun, was wir können. Mord liegt ja bei den Linzern!"

„Die Frau Oberst?"

„Du hast sie ja noch in wärmster Erinnerung."

„Nun ja, eine besondere Frau!"

„Aber wir haben schon eine heiße Spur."

Weshalb nicht selbst für Gerüchte sorgen? Es war allemal besser, die Gmundner im Glauben zu lassen, dass in den Ermittlungen etwas weiterging.

„Zweimal das Fischerl?" Der Schwanwirt stellte das Bier ab und schrieb die Bestellung auf.

Neben seinen Fischen wurde der Schwan aber auch noch seine Gerüchte los. Nicht nur er habe es seit langem befürchtet. Jeder in Gmunden hätte wohl darauf geschworen. Mit dem Moosberg würde es eines Tages ein schlimmes Ende nehmen. Der Brandner erinnerte sich. Es hatte schon so manchen Skandal um den Magnaten gegeben. Mindestens zweimal hatte der Moosberg sein Vermögen verloren. Nur um jedes Mal wie ein Phönix aus der Asche wieder aufzustehen. Alles von Neuem aufzubauen. Das Vermögen noch zu vermehren und sich zu verheiraten, vor allem das. Und was sich da oben im Brunnen abspielte. Jesus Christus! Über die Tote gäbe es ja genug zu erzählen. Nun ja. Man wünschte dem Krapfenberger nur das Beste!

Sie unterhielten sich vorzüglich. Blieben den ganzen Nachmittag sitzen. Erst als es dunkel war, machten sich der Chef und sein Bezirksinspektor auf den Weg. Der Birngruber hatte Bereitschaftsdienst. Den Brandner erwartete mit der neugierigen Rosi zuhause Ähnliches.

Doch viel wichtiger war ihm die Antwort auf die Frage. Hatte ihm die Rosi wohl noch etwas in den Kühlschrank gestellt?

9. August

Der nächste Tag begann auf dem Polizeiposten Schloss Orth so entspannt, wie der vorige geendet hatte. Vorerst. Der Mordfall Mayrhofer lag ja nun beim KFK. Wie hatte es Oberst Karl nach dem Tatorteinsatz im Brunnenhotel beschrieben? Sie würden bei Bedarf eingespannt werden. Die Milli und der Birngruber waren damit hoch zufrieden. Sie genossen die wiedergewonnene Ruhe. Im Übrigen gab es auch noch den Ischler Sisi-Diebstahl. Auch wenn es nicht nur in Brandners Augen einen Zusammenhang mit dem Mordfall Mayrhofer gab. Denn weder der Kopf noch der Trolley waren bei Mayrhofers Leiche gefunden worden.

Es klopfte an Brandners Tür.

„Der Bürgermeister lädt dich ein."

„Danke, Milli. Ich habe den Kleinsteindl doch mehrmals aufgesucht. Der hat ja nie Zeit!"

„Nicht der. Er!" Damit deutete sie über Brandners Kopf hinweg zum See und auf das Gmundner Ufer hinüber.

Der Großbauer bat ihn also um einen Rapport. Jeder kannte seine Stimmungen. Umso unangenehmer könnte der wohl nach einem so blutigen Mordfall werden. Dem Brandner schien klar, dass diese Einladung jedenfalls keine Bitte war. Sondern ein Befehl.

***

Als der Chefinspektor im Rathaus eintraf, winkte ihn die Sekretärin hektisch weiter. Kein gutes Zeichen. Er streckte den Rücken durch und trat ein. Bürgermeister Albert Großbauer bewegte sich unruhig vor seinem Green hin und her. Zimmergolf zur Zerstreuung half ihm, die Probleme der Großstadt Gmunden als strategisches Spiel zu verstehen.

„Na endlich, Brandner! Mord im Brunnen? Was ist da los?“

„Grüß Gott, Bürgermeister.“

„Na?“

„Stimmt schon. Wir haben eine Leiche. Weiblich. Jung.“

„Mein Gott! Mein armes Gmunden. Warum bei uns?“

„Es handelt sich um eine Welserin.“

„Wenigstens das.“

„Wie bitte?“

„Nun, es ist doch immer am schlimmsten, wenn es die eigenen Leute trifft, nicht wahr?“

„Natürlich.“ Der Brandner wusste, woran der Großbauer dachte. Es waren Wahlen in Sicht. „Das Opfer heißt Monika Mayrhofer.“

„Schön. Kann man das nicht als ... Welser Angelegenheit sehen?“

„Dürfte schwierig werden.“

„Du weißt schon, was das alles für unseren Tourismus heißt, Brandner?“ Der Bürgermeister hielt eine Zeitung hoch. „A schöne Brunnenleich“, lautete der Titel am *Gmundner Tipp*. Also doch, die Füchsin hatte geplaudert!

„Ein Aasgeier, der Brenner!“

„Der hat keine Skrupel!“

„Der Alptraum für unsere krisengebeutelten Hoteliers.“

„Der Krapfenberger hat Mordszulauf. Seit gestern steigen bei ihm die Anfragen.“

„Der Brunnen fährt wohl wieder ein spezielles Programm. Abenteuerkonzept. Da passt sowas.“

Tatsächlich hatte der Krapfenberger mit seinem Brunnenhotel schon große Erfolge gehabt. Der Brandner erinnerte sich dabei an die rauschenden Abende im

Brunnenwirt-Single-Club. Aus Zeiten als Single-Hotel. Auch die Gmundner Hochzeitsagentur hatte entlang der lauschigen Traun oft seine Romantik-Themensuiten gebucht. Doch Mord als Verkaufsschlager? Das traute er selbst dem Krapfenberger nicht zu.

„Die Leut' reden, Brandner. Es war eine ... Bardame. Hab ich gehört."

„Callgirl. Sagen die Ischler."

„Um Gottes willen!"

„Monika Mayrhofer kellnerte zuletzt im Kaisercafé. In der Kaiservilla oben."

„Wenigstens aus Ischl! Diese Kellnerin hat mit uns also gar nichts zu tun."

„Eigentlich nicht, Bürgermeister."

„Das wäre Sache des Kleinsteindl?"

„Ischler Angelegenheit."

„Das schreibst du in deinen Bericht! Umgehend kommunizieren!"

„Mit Verlaub, ich schreibe nie Berichte. Auch der vorige Bürgermeister ..."

„Und bei mir wird geschrieben! Ich will alle Einzelheiten."

„Wir bleiben also bei ... Kellnerin aus Bad Ischl?"

„Genau so. Du verstehst schnell, Brandner."

Der Ball lag im Loch. Hochzufrieden verabschiedete Berti Großbauer seinen Gmundner Polizeichef. Auch der Brandner war froh. Hatte er sich doch ein wenig Atem verschafft. Natürlich würde er dem Bürgermeister keinen Bericht schreiben. Als er die Steintreppe des Rathauses hinabstieg, spürte er ein Grimmen in der Magengegend. So ging es eben, wenn man sich mit den Großkopferten in der Politik herumschlagen muss.

***

Zurück im Büro fand er die Milli und den Birngruber bei einer verfrühten Mittagsjause. Beide saßen ungewohnt friedlich an Millis Schreibtisch und teilten in trauter Zweisamkeit Leberkäse und Bier. Der Brandner hatte ebenfalls nichts gegen eine kleine Stärkung. Hungrig biss er in die erste Scheibe. Er würde darüber die weitere Lage besprechen. Mit vollem Mund machte der Birngruber aus seiner schlechten Laune kein Hehl.

„Wo bleibt ... die Frau Oberst? Die wollte ... vorbeikommen."

„Bei Bedarf zugezogen, Seppi. So hat die Karl gesagt. Du kennst doch die Leute vom KFK."

„Die gibt uns wohl nur eingeschränkt Aktenzugang?"

„Oder gar keinen, Seppi."

„Geht doch nicht, Chef!"

„So läuft das, Seppi. Niemand informiert uns über die Spurenauswertung. Nur wir sollen ermitteln und liefern."

„Die Linzer ernten wieder die Lorbeeren, Chef?"

„Genau, Seppi. Weil die gar keine Ahnung haben von uns hier im Salzkammergut."

„Ach wo!", mischte sich die Milli ein. „Bei der Frau Oberst gibt's sowas nicht. Die analysieren halt die Spuren noch!"

Die Milli war eben doch eine Emanze! Die ließ nichts kommen über die Karl. Doch sie blieben bei ihrer Meinung. Schließlich hatten sie mit der Frau Oberst im Fall *Sissis Gift* schon so manchen Wickel gehabt.

„Wie war es beim Bürgermeister?", wollte sie wissen.

„Der Großbauer will das als Ischler Angelegenheit darstellen."

„Das wird ihm der Brenner vertun. Der *Gmundner Tipp* hat es schon auf der Titelseite!"

„Mit dem Brenner werden wir fertig, Milli."

„Wir stehen da wie die Wurschtl, Chef!"

„Und deshalb, Seppi, recherchieren wir diesmal auf eigene Faust."

„Klasse Idee!"

„Wir regeln uns das schon selber im Salzkammergut."

„Ist ja auch unser Sisi-Kopf!"

„Die Linzer erzählen uns nichts über den Mord, wir denen nichts vom Diebstahl! Und damit fangen wir an."

Der Brandner schob das Leberkäspapier zur Seite, leerte sein Bier und legte vor sich ein Mobiltelefon auf den Tisch.

„Was ist das, Chef?"

„Das Handy der Mayrhoferin?"

Die Milli hatte leuchtende Augen bekommen. Der Inspektor nickte. Bevor die KFK-Spurensicherer ins Brunnenhotel gekommen waren, hatte er es vom Nachttisch der Toten eingesteckt. Er schob der Milli das Uralthandy hinüber. Es war ein glücklicher Zufall, denn sie hatte bei einem abendlichen Streifzug einen Abhörprofi kennengelernt. Ihr Lover arbeitete für das streng geheime Wiener BVT, die Behörde für Verhör- und Telekommunikationsabwehr. Seither hatte der Brandner mit der Milli ein stilles Abkommen. Ließ er einen Erhebungswunsch fallen, bekam er prompte Geheimdienstergebnisse. Natürlich alles ohne Dienstauftrag. Im Gegenzug bestellte sich die Milli ihre Kosmetika nun in das Büro. Manchmal auch auf seine Kosten.

„Damit da was weitergeht", stichelte die Milli in Richtung Birngruber und ließ das Handy mit spitzen Fingern in eine Plastiktasche gleiten.

„Schon gut. Ich weiß ja. Der Wiener!" Damit trollte er sich.

Minutenlang hörten sie den Birngruber nebenan vor sich hin brummen. Ein reiner Handlanger sei er. Sogar jetzt, als Revierinspektor der Salzkammergutpolizei. Seit Jahren lag er ihnen mit diesem Vorwurf in den Ohren. Der Birngruber war wild entschlossen, es allen zu zeigen. Dabei hatte der Brandner längst beschlossen, dem Seppi eine Chance zu geben.

***

Noch am selben Abend kam der Birngruber zu seinem ersten Undercovereinsatz. Echte Detektivarbeit, so hatte es ihm der Brandner erklärt. Er solle Monika Mayrhofers frühere Arbeitgeber aufsuchen und sie in Zivil über das Mordopfer ausfragen. Der Revierinspektor brach also vom Ischler Bahnhof aus in Richtung Vorstadt auf.

Die Herzerlbar in Bad Ischl war etwas abseits der Hauptstraße nach Süden gelegen und verfügte über einen verschwiegenen Hintereingang. In der verspiegelten Türe prüfte er noch einmal sein Aussehen. Richtige Verkleidung sei wichtig, hatte der Chef gesagt. Abgewetztes Sakko, Cordhosen, Haferlschuhe und Aktentasche. Typ Bauleiter. Er sah so aus, wie der Brandner es ihm gesagt hatte. Ein braver Arbeiter, den es nach der harten Tagesschicht in der Bar nach dem entspannenden Drink verlangte. Oder nach mehr. So hatte die Rosi verschmitzt lächelnd gemeint.

Als er den Klingelknopf drückte, war ihm nun doch ein wenig mulmig zumute. Er hatte sich vorgenommen, den Wirt dieser Bar in ein zwangloses Gespräch zu verwickeln. Weiteren Plan gab es keinen. Was würde passieren? Traf er kriminelle Elemente? Die Mayrhoferin hatte schließlich hier verkehrt.

Bewegung kam in das Loch am Türspion. Gleich darauf stand eine lächelnde mittelalterliche Dame in der Tür. Sie hatte wenig an. Es fror ihn fast vom Hinschauen.

„Grüß Gott!"

„Sie wünschen, wir tun's."

„Also ... wir bräuchten ..."

„Wir?" Die Dame kam ihm sehr nahe, als sie ihm über die Schulter sah. Sie hatte wenig an.

„Hm. Es geht um ..." Er machte eine kunstvolle Pause und tat so, als müsste er den Namen erst auf seinem Schwung Baupläne ablesen.

„Die Monika."

„Dirty Sissi."

„Thirty? Nein, um die Mayrhoferin geht's. Die Monika." Das Englische war so eine Sache. Er hatte es in der Schule aber als Freifach belegt.

„Also doch. Das Sissi-Double. Na komm halt rein", antwortete sie. Er wurde sanft in das Innere gezogen.

Die Bar gefiel ihm. Alles duftete hier besonders gut. Die Besitzer hatten Geschmack. Schön gestaltet. Direkt kostbar. Etwas zu orientalisch vielleicht. Palmen und so. Sogar Straußenfedern steckten in ein paar Vasen. Mit den vielen Schampusflaschen sah das Kaminzimmer aus wie eine echt gemütliche Bar. Nur mit Couch.

„Platz. Ich hol dir die Chefin."

Der Birngruber verstand und setzte sich.

„Der draußen sucht die Monika", hörte er kurz darauf hinter einem roten Samtvorhang die freundliche Dame sagen.

„Noch besetzt."

„Nicht die. Er will ... Dirty Sissi."

„Die Mayrhoferin?"

„Genau die."

Der Vorhang bewegte sich.

„Du bist ja ein Bärchen! Ich bin die Anita. Mir gehört der Laden."

Die ältere Frau hielt ihre Arme in die Seite gestützt und baute sich vor ihm auf. Er kannte sie vom Sehen im Café Zauner. Auch ihr musste richtig kalt sein, dachte der Birngruber. Über dem Kleidchen, den riesigen Körbchen, den fleischigen Schultern lag nur ein dünner Seidenschal.

Sie musterte ihn.

„Dirty Sissi schafft da nicht mehr an."

„Nein, werte Frau. Keine Sissi. Um die Mayrhoferin ..."

„Du stehst drauf. Die schönen langen Haare, nicht wahr? Darum ja der Künstlername. Sie sieht aus wie die verblichene Kaiserin. Und wie Romy Schneider im Film."

„Ich will nicht ..."

„Die passt ja gar nicht zu dir. Besser was Festeres, gell?"

„Nein, nein, ich ..."

„Nix sagen! Keine Kaiserin, aber ..."

Die Puffmutter hatte in die Hände geklatscht. Schon sprang der Vorhang auf.

„Unsere Susi. Viel jünger. Auch sehr nett!"

„Herrschaftszeiten! Um die Monika geht's."

Nach Birngrubers Wutausbruch bedachte ihn die Alte nun mit einem prüfenden Blick.

„Dich kenn ich doch."

„Moment ..."

„Du kommst doch zum Zauner! Aber in Uniform!" Sie schrie jetzt.

„Keine Panik." Er musste das Ganze irgendwie retten, bevor es aus dem Ruder lief. „Ich brauche die Monika doch gar nicht mehr!"

„Soso."

„Stimmt. Ich bin Inspektor. Bei der Bezirkspolizei."

„Also doch. Mausi, Code red! Polente im Haus!"

„Aber wir wollen doch nur eine Auskunft." Damit zückte er das Fahndungsfoto, das ihm der Brandner gegeben hatte. „Die Mayrhoferin hat doch hier gekellnert."

„Gekellnert", kicherte die Mausi.

„Wir sagen nichts, Schnüffler!", keifte ihm die Anita daher.

„Dann kommt eben die Kripo. Und die Sitte. Und die Finanzpolizei!" Auch der Birngruber schrie jetzt. Damit hatte er die Alte rasch gezähmt.

„Stimmt. Die Sissi hat für mich angeschafft. Aber alles war immer korrekt."

„Und ihre Kundschaft?

„Normale Typen. Sie kam auch nur nachts. Tagsüber war sie hier weg. Wir kennen sie kaum."

„Was ist denn mit der Sissi, Herr Inspektor?", fragte die Mausi.

„Lassen Sie es mich so sagen, meine Damen." Revierinspektor Birngruber neigte den Kopf wie zum Gebet. „Möge sie in Frieden ruhen."

„Jesus, hilf!", schrie die Alte.

„Was ist passiert?"

Und so klärte Revierinspektor Birngruber die Damen der Herzerlbar über alles auf. Darüber, dass die Monika alias Dirty Sissi nie wieder Schampus servieren würde. Dass sie einem heimtückischen Mord zum Opfer gefallen war. Dass er gekommen sei, um sie zu rächen. Dieses arme Geschöpf. Diese Blume von Bad Ischl. Die auf so grausame Weise aus der Wiese des Lebens gepflückt worden war. Tränen rannen ihm über die Backe. Tatsächlich fühlte er so. Er war eben empfindsam. Schon hing ihm auch die Chefin weinend am

Hals. Die Damen nahmen ihn in die Mitte und trösteten ihn. Sie erzählten ihm alles, was sie wussten. Über die Monika. Über ihre Kunden. Es war nicht viel. Doch der Schampus ging aufs Haus und beim herzlichen Abschied musste er versprechen, bald wieder zu kommen.

Auf dem Weg zurück zum Bahnhof war der Inspektor hoch zufrieden. Gleich morgen Früh würde er dem Chef die Ermittlungsergebnisse präsentieren.

10. August

„War wohl eine kurze Nacht?“, kommentierte die Milli am nächsten Morgen sein Eintreffen auf dem Revier. Sie grinste ihm blöd daher. Wut stieg in ihm hoch. Die hatte ihm ja noch nie etwas zugetraut. Dabei war nicht die Milli der Revierinspektor. Sondern er. Heute würde er ihr endlich das Maul stopfen. Die sollte nur sehen, welch Undercoveragent ein Josef Birngruber war.

„Ein Mann bei Nacht ... ein Mann am Tag“, kommentierte er also heldenhaft und nahm an dem Frühstückstisch Platz.

Der Chef traf ein. „Na dann los. Wir sind gespannt, Seppi!“

„Mayrhofer Monika. Siebenundzwanzig Jahre alt. Stammt aus Wels, wird früh Vollwaise. Aufgewachsen bei Pflegeeltern. Kommt dann in ein Heim für Jugendliche. Monika Mayrhofer hat keine Angehörigen.“

Klare Sache. Er konnte es an der verblüfften Milli sehen. Sein Vortrag hatte schon Eindruck gemacht.

„Ich war gestern in der Herzerlbar und im Internet. Die Tote hatte tatsächlich Kontakt in ... die Rotlichtszene.“ Er holte Luft. Das Weitere würde ihn Überwindung kosten. „Wo sie selbst ... also in Wels ... tätig war. Sagt die Anita.“

„Anita?“, kicherte sie.

Er ging über die Milli hinweg. „In der Herzerlbar war sie vorübergehend. Quasi nicht offiziell.“

„Sagt die Anita, nicht wahr? Das ist was für die Finanzer, Chef“, merkte die Milli altklug an.

„Negativ. Ich habe der Informantin versprochen ...“

„Diese Anita muss ja was ganz Besonderes sein!“

„Vor der Herzerlbar“, er unterdrückte mit rotem Gesicht seinen Zorn, „und vor der Kaiservilla kellnerte die Mayrhoferin schon im Happy Cat. Dort hat sie begonnen, als sie nach Ischl kam.“

„Gut. Wir fragen also auch im Chinarestaurant nach. Noch etwas?“

„Ihre Kundschaft ... sollen normale Typen gewesen sein. Aus der Gegend. Niemand Auffälliges. Aber sie hatte einen ... Künstlernamen. Dirty Sissi.“

„Dirty Sissi?“

„Sissi. So wie die Film-Kaiserin. Das war's.“

„Toll recherchiert, Seppi!“, nickte der Brandner und schmunzelte über Birngrubers Verlegenheit. Dirty Sissi! Sie hatte die Büste in ihren Besitz gebracht. Durch den Diebstahl war Sisis Kopf zu Sissis Kopf geworden. Allerdings hatte das Dirty Sissi selbst den Kopf gekostet.

„Chef?“

„Ja?“

„Und die Finanzpolizei?“

„Keine Sorge, Seppi. Deine Anita bleibt unbelästigt.“

„Aber Chef?“

„Ja bitte?“

„Also ich frage mich. Wie schafft man das?“

„Was?“

„Naja, tagsüber kellnern. Nachts die ... Liebesdienste. Die Monika hatte ja nie frei.“

„Und kaum Aufstiegschancen, nicht wahr?“

„Armes Dirndl.“

„Deshalb“, schloss der Brandner, „hat sie sich etwas Lukrativeres organisiert.“

„Den Sisi-Kopf!“

„Genau Seppi. Dank dir haben wir Diebstahl und Mord bestimmt bald aufgeklärt.“

Der Birngruber nickte nur. Tränen kullerten auf seine Uniform.

„Die arme Sissi vom Freudenhaus."

***

Der restliche Tag brachte kaum neue Erkenntnisse. Die Frau Oberst vom KFK hielt immer noch dicht. Für nächste Ermittlungsschritte war der Brandner auch gar nicht ausreichend informiert. Wenn es auch Mayrhofers Welser Kontakte noch zu überprüfen galt. Doch auch hier sah der Brandner eigentlich das KFK am Zug. Die Milli und der Birngruber genossen somit vorerst die Ruhe auf dem Revier.

Es ging gemächlich auf den Abend zu, als sich der Brandner entschloss, heute schon etwas früher in den Spies einzukehren. Der Birngruber hatte Nachtbereitschaft und blieb auf dem Posten. Auch die Milli bemerkte, dass sie heute noch länger arbeiten wolle. Der Brandner hatte ihre eingetroffene Sendung unter Millis Schreibtisch liegen gesehen. Sie würde sich von den Akten ab und ihrem Make-up zuwenden, sobald er nur aus der Türe war. Doch er wollte kein zu strenger Chef sein und verabschiedete sich.

Beschwingt von dem beschaulichen Tag, radelte er über die Brücke nach Gmunden und genoss den herrlichen Sommerabend. Er hatte sich ein Bier verdient. Oder auch zwei.

Als er die Gaststube betrat, war der Stammtisch schon gut gefüllt. Der Forstinger Michi vom Kleidungsgeschäft, der Krapfenberger und der Trachtenkaiser Reingruber diskutierten heiß.

„Schlanke Linie!"

„Geiles Gerät!"

„Und wie war's für dich, Klausi? In der neuen Salzkammergutbahn?" Alle sahen gespannt zum Spieswirt auf.

„Pro. Schon wegen der Wertschöpfung da im Lokal!"

„Pro. Bin dafür." Der Forstinger hob die Hand. „Die neue Salzkammergutbahn. Die kann etwas."

Alle am Tisch stimmten zu. Nur einer nicht.

„Kontra."

„Ist ja klar, Brandner. Du machst es wieder madig!"

„War ja nicht billig. Dreißig!

„Aber wo! Höchstens acht."

„Was, acht?"

„Millionen, Forstinger!"

„Acht Mille für eine Bahn, mit der keiner fährt?"

„Gib Ruh', Brandner. Ich war schon drin! Prima Sitze! Bis in die Gschwandt bin ich gefahren!" Der Reingruber ließ alle aufhorchen.

„Ich bis Kirchham. Zur Eröffnung!"

„Na sicher. Weil's gratis war!"

Man lachte reihum, und der Forstinger schaute beleidigt ins Bier. Immer warfen die ihm seine Sparsamkeit vor. Dabei waren sie froh, wenn sie ihre Unterhosen billig bei ihm bekamen.

„Die Kunden kaufen ihre Lederne und fahren dann mit der Bim heim, das ist das neue Shopping", blieb der Reingruber dabei. Seit es die Straßenbahn gab, hatte er im Trachtenladen den besten Lederhosenmonat der Geschichte hinter sich.

„Aber wer braucht's wirklich?", fragte der Brandner.

Alle sahen ins Krügerl. Niemand gab Antwort. Der Brandner fand eben in jeder Suppe ein Haar. War nicht umsonst bei der Polizei.

„Brauchen ..." Der Krapfenberger pfiff durch die Zähne und dachte sichtlich angestrengt nach. „Also den Kindergarten hab ich damit schon fahren gesehen ..."

„Der Bürgermeister war in jeder Schul'", unterbrach ihn der Brandner, „und jetzt geht der Wandertag eben für alle nach Vorchdorf. Zurück mit der Bim. Also wenn das volle Auslastung heißt, dann ..."

„Burschen ...", mischte sich der Spies wieder in die Diskussion ein und hielt verschwörerisch die Hand vor den Mund. „Von mir habt ihr's nicht. Aber der Schwan hat sich schon eine Jahreskarte gekauft!"

„Der Schwan?"

„Ich weiß es aus erster Hand. Holt mit der Bahn seine Hotelgäste ab."

„Recht hat er, der Schwan!"

„Sowieso! Und das Geld auch."

„Vom Bahnhof zum Schwan. Kein Stress mehr mit dem Parken. Und erst die vielen Konzerte, dort ist ja immer alles verparkt." Der Spies zählte die Vorteile für den Schwanwirt am Rathausplatz auf.

„Du weißt schon, wie weit der Bahnhof entfernt ist?"

„Ja eh, fünf Minuten", gab der Spies zu. „Das geht doch jeder zu Fuß."

„Na, und wieso fährt die Bim nicht zum Schwimmbad? Oder zum Krankenhaus? Letzten Dienstag war ein einziger Fahrgast drin!"

„Na, weil ..." Der Spies blieb dem Brandner die Antwort schuldig. Er wusste es nicht. „Ich war mit der Bim jedenfalls schon in Vorchdorf!"

„Da ist er ja, der Fahrgast!"

„Hört, hört!"

„Sicher, Brandner. Weil du so viel Bier saufst!"

Alle lachten.

„Dann setz ich den Pezi hinein. Der holt mir ein paar Kisten."

„Unser Trangl?" Der Reingruber hob ungläubig sein Krügerl.

„Kommt mit der Bim", nickte der Spies.

„Bis zur Brauerei? So weit geht die Bim?", staunte der Forstinger.

„Genau! So leicht komm ich nie mehr zu meinem Bier!" Der Spies lachte.

Alle freuten sich mit ihrem Wirt. Selbst der Brandner. Endlich war jedem klar, warum die Salzkammergutbahn Sinn machte. Sie stießen die Krüge zusammen.

„Auf den Bürgermeister Großbauer! Und unsere Bier-Tram! Nach Eggenberg."

***

Als der Brandner in der Dunkelheit auf seinem alten Waffenrad heimwärts fuhr, zog er schon leichte Kurven. Wie erwartet, war die Rosi noch auf. Sie sortierte im Frühstücksraum das Gästebesteck. Lächelnd deutete sie ihn weiter zum Speisezimmer. Eine warme Rein stand dort. Seine empfindliche Nase hatte den Inhalt schon gerochen, ohne den Deckel zu lüften: Steirisches Wurzel-Kren-Fleisch.

„Dass du mir nicht vom Fleisch fällst!", meinte sie und verpasste ihm einen Wangenzwicker. Liebevoll. Vielleicht ein wenig fester als eigentlich nottat.

Kurz darauf stellte ihm die Rosi eine geöffnete Flasche Rotburger hin.

Was war da los? Die Rosi verwöhnte ihn ja sonst nie derart. Ihre Laune konnte also nur mit dem vollen Haus zu tun haben.

Sie setzte sich ganz nah zu ihm.

„Was wird das, Rosi?"

„Wieso?"

„Na, erst das Wurzelfleisch, dann noch der Wein."

„Hör doch auf. Ich schau halt ... dass es dir gut geht."

„Was willst du dafür?“

Sie winkte ab. „Sag, wie steht's eigentlich mit eurem Fall?“

Daher wehte also der Wind. Das Essen sollte ihn gefügig machen, der Wein redselig. Alles diente dazu, ihn auszufragen.

„Wieso interessiert dich das?“

„Man sorgt sich halt. Der Erzherzog ist doch in meinem Bibelkreis, wir sitzen gleich nebeneinander.“

„Du weißt, dass ich dir nichts zu einem offenen Fall sagen darf.“

„Jaja“, tätschelte sie ihn erneut.

Hier stimmte garantiert etwas nicht. Er kannte die Rosi schließlich ganz anders als streichelweich. Zurzeit machte sie ihn mit ihren Hausmitteln verrückt. Kräuter aus der hintersten Ecke der Terrasse, die ihm nie aufgefallen waren, betäubten die müden Knochen der Kurgäste. Und wie er mit eigenen Augen gesehen hatte, hatten sie das Gras auch geraucht! Seit ein paar Wochen prangte sogar ein großes Schild für ihr lukrativstes Produkt am Gartentor. *Rosis Weih.* Das Brandner-Wasser wirke Wunder, hieß es schon überall. Sogar der Herr Pfarrer habe die Heilkraft anerkannt. Dabei sprudelte Brandners Hausbrunnen wie immer. Ein Quell im Garten.

„Gottlob ist hier wieder etwas los“, begann sie und gab ihm noch einen Nachschlag vom Wurzelfleisch. „Du hast ja schließlich niemals Besuch!“

„…“

„Eine Freundin kommt nicht von allein, Gustl!“

„Das fehlt mir noch! Dass du dich wieder in mein Privatleben mischst.“

„Heute findet man die Partnerin online. Dein Papa selig hätte gesagt …“

„Schluss jetzt! Deine Japaner rauben mir ohnehin jeden Schlaf.“

„Du bist neidisch. Weil die Pension so gut läuft. Die Japaner zahlen!“

„Natürlich geht’s wieder ums Geld!“

„Heilen hat seinen Preis, Gustl. Für die Patienten.“

„Patienten?“

„Menschen, die Dienstleistungen, die eine Heilbehandlung durchführen, in Anspruch nehmen. Wikipedia!“

„Und das da?“, rief er wütend. Er deutete aus dem Fenster. An der Hauswand hatte er ein neues Schild bemerkt.

„Frau Rosis Seeblick-Yoga?“

„Du hast mich gar nicht gefragt!“

„Wegen so einem Schild? Nach fünfzig Jahren im Haus? Wenn dein Papa das wüsste …“

Vorwurfsvoll sah sie gen Himmel. Natürlich kam die ihm so. Beiden war klar, wer am längsten hier in der Villa lebte. Noch in Wien hatten seine Eltern sie in den Dienst genommen. Saison für Saison hatte sie dann die Gmundner Sommerfrische geschaukelt.

„Schauen wir doch einmal, Gustl. Ob’s bei den Leuten auch ankommt.“

„Aha. Wie es ankommt. Weißt du, wie sie am Stammtisch sagen?“

„Was sagt man?“

„Die Brandner Rosi heilt alles und jeden.“

„Wie reizend.“

„Demnächst kommt der Spies vorbei! Sein Kreuz plagt ihn.“

„Wenn er sich online anmeldet!“

Es reichte. Ohne das Geschirr abzutragen, stapfte er wütend mit seinem Wurzelfleisch in das Zimmer hinauf.

Aus purer Wut ging er hinaus auf die Terrasse und leerte ihr das *Rosis Weih* ins Biohanfbeet. Sich selbst goss er ein Schnapserl ein. Drei hintereinander. Bis er sich besser fühlte. Er plagte sich noch mit allerhand Theorien über den Sisi-Kopf. Dann fiel der Inspektor endlich in unruhigen Schlaf.

Mit einem Mal stand sie wieder vor ihm. Gedrungen und gemein. In der Rechten hielt sie eine Art Keule. Schwang sie hin und her. Der Sisi-Kopf! Mit der Linken packte ihn die Mayrhoferin schließlich am Hals ...

11. August

„Gustl!"

„..."

„Gustl! Jetzt steh halt auf. Da muss was geschehen!"

Der Brandner griff sich an den Hals. Er fühlte ihre Hand, sie rüttelte ihn wach. Mit Gewalt entledigte er sich endlich seiner Peinigerin.

„Herrgott, Rosi! Was ist denn los?"

Rosis Atem stach ihm in der Nase. Sie ging also schon wieder an seinen Marillenschnaps. Er musste die Flasche besser verstecken. Vom Seefenster lachte die Vormittagssonne herein. Erst jetzt bemerkte er in seinem Schlafzimmer noch eine zweite Figur. Die alte Haushälterin des Grafen Moosberg! Rasch richtete er sich im Bett auf.

„Herr Inspektor ..."

„Ist schon gut, Liesl."

Die Alte hatte abgebrochen. Sie konnte nicht mehr. Von Tränen überwältigt nahm sie von Rosi die Flasche und tankte Brandners Marillenschnaps. Dann schrie ihm die alte Liesl ihre Verzweiflung ins Ohr.

„Mein Moosberg ist weg!"

***

Die Rosi hatte dann doch lieber den Bentley gewählt. Sie saßen auf der Rückbank. Dank seinem Marillenschnaps schien auch die Liesl wieder in tauglicher Verfassung zu sein. Der Brandner versuchte mit Moosbergs Chauffeur Tempo zu halten. Auf dem Weg pickten sie den Birngruber auf. Der angesichts der frühen Amtshandlung die Fahrt wieder einmal mit Ankleiden und Frühstück verband.

Endlich erreichten sie den Anstieg des Moosbergs. Vor den dicken Mauern des alten Anwesens öffnete sich das schmiedeeiserne Tor völlig geräuschlos. Offenbar hatte sie ein unsichtbarer Diener bemerkt. Ein alter Pförtner verließ sein Häuschen und bestätigte dem Brandner durch das heruntergekurbelte Fenster die Lage. Die Stallburschen hätten noch einmal den ganzen Wald durchgekämmt. Keine Spur vom Herrn Grafen. Die Herrin erwarte sie schon.

Nach einer Minute Fahrt kamen sie vor dem Hauptflügel des Schlosses zum Stillstand. Wie von Geisterhand öffnete sich die eisenbeschlagene Tür. Ein livrierter Lakai bot ihnen an, sie zur Frau Gräfin zu führen. Sie erwarte die Herren bereits im Salon. „Wie viele Zimmer? Wie reich ist der Graf?" Während ihres Weges durch das weite Schloss löcherte der Birngruber den Livrierten mit Fragen. Der Brandner wäre am liebsten im Erdboden versunken. Doch er befasste sich stattdessen mit den Schätzen an der Wand, der Graf war als Sammler bekannt. In den Gängen wechselte Meissener Porzellan mit Gmundner Keramik. Im Vorbeigehen taxierte er die Gemäldesammlung. Die Moosbergs sammelten schließlich Kunst seit vielen Generationen. An der Wand hing Hervorragendes aus hunderten Jahren.

Die relativ neue Gräfin des alten Gemäuers empfing sie stumm nickend im Grünen Salon. Ihre Hand, die er zum Kuss gereicht bekam, war eiskalt. Sie zitterte stark. Jeder konnte sehen, wie sehr Eleonora von Moosberg um ihre Fassung bemüht war. Da brach es auch schon aus ihr heraus.

„Mein armer Leo! Was hat das zu bedeuten, Herr Inspektor?"

Unter Tränen bot sie ihnen ein Glas Sherry an. Der Birngruber griff zu. Unter anderen Umständen hätte er mit der schönen Gräfin die ganze Flasche geleert. Er hätte ihr auch sonst allerhand zu sagen gewusst. Doch der Brandner unterdrückte das Kompliment. Wer näherte sich einer Schönheit in solch einer tragischen Situation? Der Birngruber übernahm das nun.

„Klare Sache, schöne Frau. Wir lösen Ihren Fall!"

„Keine Sorge, Gräfin", begann nun auch der Brandner. „Wann hat man Ihren Mann zuletzt gesehen?"

„Vorgestern Früh. Er verabschiedete sich von mir und fuhr in den Wald."

„Der dritte Tag? Wieso haben Sie nicht vorher angerufen?", mischte sich der Birngruber ein.

„Im Wald hat er den Büchsenspanner verabschiedet. Er hat ihm gesagt, dass er vielleicht in der Hütte bliebe, über Nacht."

„Blieb er?", fiel er dem Birngruber vorsorglich ins Wort.

„Wir haben alles abgesucht. Er war nicht dort. Geht auch nie über drei Tage zur Jagd!"

„Wir ermitteln in alle Richtungen, Frau Wohlgeboren."

Der Birngruber war nicht sattelfest im Umgang mit dem Adel. Peinlicherweise versuchte er es noch zu überspielen. „Muss ja kein Mord sein."

„Jesus, hilf!"

„Erpressungsopfer überleben zu sechzig Prozent. Weltweit gesehen."

„Mein Gott!"

„Aber wenn sich Revierinspektor Josef Birngruber erst einmal ..."

Brandners Fußtritt brachte den Revierinspektor zum Schweigen. Natürlich strömten bei der Gräfin wieder die Tränen. Zögerlich nahm der Brandner sie nun in den Arm. Schmiegte sie sich etwa an ihn?

„Ich sehe keine Anzeichen für ein Verbrechen. Bestimmt sitzen wir alle schon bald gemeinsam beim Tee."

„Tee?", schluchzte die Gräfin gepeinigt. Ohne größere Eile löste sie sich aus seiner Umarmung. „Vielleicht eine kleine Vesper dazu?"

Der Birngruber hatte sichtlich nichts dagegen. Es war Essenszeit. Der Brandner kannte dessen Unnachgiebigkeit, wenn es um das Leibeswohl ging, und gab sich geschlagen. Sie folgten der Gräfin in den Roten Salon.

„Das nenn ich eine Jausn!" Damit hatte es sich der Seppi schon auf der Sitzbank gemütlich gemacht.

Der Brandner war beeindruckt. Die Einrichtung vereinte feinste Möbel des Historismus und Jugendstils. Er selbst nahm in einem reich geschnitzten Fauteuil Platz, nachdem er die Gräfin im anderen platziert hatte. Ein Butler reichte ihnen Tee und einen Korb Kekse. Die Kanapees kämen in Kürze, entschuldigte er sich. Das unbekümmerte Schmatzen des Birngruber nahm ihm ohnehin jegliche Illusion. Der Silberkorb würde in wenigen Minuten leergeräumt sein.

Während sich die Gräfin erst tapfer in Smalltalk versuchte, begann der Brandner bei einer Tasse Darjeeling mit der Befragung der Gattin.

„Keine Sorge. Es gibt immer eine Erklärung für solch ein Verschwinden."

„Sie glauben?"

„Wirkte er irgendwie ungewöhnlich auf Sie?"

„Alles war wie immer. Zweiundzwanzig Jahre Ehe. Nie verschwand er einfach so."

„Was hat der Herr Graf gesagt?"

„Nur, dass er Rotwildjagen geht. Die Hirschen wären daran."

„Hatte ... Hat ihr Mann vielleicht Gegner?"

„Man ist nicht einfach Leonhard von Moosberg", meinte sie etwas von oben herab, „ohne jemandem auf die Füße zu treten."

„Vielleicht finden wir im Schloss einen Hinweis."

„Nun ja, es gibt das Arbeitszimmer."

„Es wäre einen Versuch wert."

„Bitte folgen Sie mir, meine Herren."

Der Butler schob ihnen das Teetischchen hinterher.

Der Birngruber folgte später. Schmatzend. Es gab keine Kekse mehr.

Moosbergs Büro beeindruckte so wie zuvor die Salons durch Prunk und prachtvolles Mobiliar. Alles in diesem Raum war inszeniert bis ins kleinste Detail. Vor dem mittleren der drei Maßwerkfenster zum Park stand Moosbergs Schreibtisch. Französisch. Louis Seize. Sein Sekretär, schluchzte die Gräfin. Hier sei er morgens gerne gesessen. Auch vorgestern. Der Brandner begann mit der obersten Lade und fand zuoberst einen ledernen Kalender. Der Graf plane seine Termine noch auf Papier, erfuhr er, als er ihn herausnahm. Sie würden ihn einer genaueren Untersuchung unterziehen.

Nach dem Sekretär wandten sie sich dem Rest des Raumes zu. Auf dem Sofa am rechten Fenster zum Park lag ein Kunstkatalog. Nachlässig aufgeschlagen. Sonderauktion in Wien. Es ging um Schätze aus dem Kaiserhaus. Der Brandner überflog die Daten.

Die Exponate, meinte die Gräfin, seien für ihren Mann von Interesse gewesen. Noch vorgestern Früh habe er darin geblättert. Er habe die interessanten Stücke darin markiert. Danach sei er zum Schießen gefahren. Selbstverständlich, die Herren könnten Kalender und Katalog mitnehmen.

Nach fünf Minuten waren sie auch mit dem Rest des Zimmers fertig. Sie hatten nichts von Belang gefun-

den. Der Brandner bedankte sich und trug der Gräfin auf, in der Grünau noch einmal herumfragen zu lassen. Vielleicht habe die Bevölkerung rund um das gräfliche Jagdhaus noch etwas bemerkt. Möglich wäre auch ein Zeitungsaufruf. Dies würde er jedoch frühestens in ein paar Tagen empfehlen. Der Redakteur vom *Gmundner Tipp* kooperiere mit den Behörden. Man stehe sozusagen Gewehr bei Fuß.

„Eines noch, werte Gräfin."

„Ja?"

„Ein Foto des Herrn Grafen wäre hilfreich."

Unter Tränen nahm Eleonora von Moosberg eine Fotografie vom Kaminsims und reichte sie ihm. Der Brandner deutete zum Abschied den Handkuss an, wie es ihm sein Großvater beigebracht hatte. Schon fürchtete er, auch der Birngruber könnte Ähnliches an der zarten Gräfin probieren. Doch da schlug man den Gong. Wieder schob der Butler ein Tischchen herein. Es sei angerichtet. Die Kanapees!

„Wunderbar!" Diesmal war ihm der Birngruber doch noch zuvorgekommen. „Alles einpacken!"

***

Auf dem Rückweg erreichte die beiden ein Anruf vom Gmundner Krankenhaus.

„Kannst kommen, Brandner! Sie wartet schon." Die Frau Doktor war in der Leitung.

„Aber ich brauche doch nur deinen Bericht."

„Und ich sage dir, dass ich sie dir aufbehalten habe! Die Monika war noch zu Übungszwecken bei uns. Jetzt wartet sie auf euch. Beeil dich!"

Es war deutlich zu hören, wie gereizt die Füchsin klang. Der Brandner wusste, dass die Tote ohne Angehörige war. Somit fiel ihr Körper an die medizinische Forschung. Doch war die Frau Doktor dafür die Richtige?

„Wenigstens den genauen Todeszeitpunkt ..."

Doch sie hatte schon aufgelegt. Es war wie immer. Um Genaueres zu erfahren, musste er die Füchsin an ihrem Arbeitsplatz stellen.

Als das Ermittlerduo im Krankenhaus eintraf, war der Portier bereits informiert.

Die Frau Doktor ersuche die Herren, sie im Untergeschoß aufzusuchen. Der Brandner wusste Bescheid. Sie lockte ihn also hinab in ihr Reich. In ihren Keller. Den Seziersaal. Hier spielte sie wieder ihre Spielchen mit ihm.

Ein süßlicher Duft empfing sie in Raum UG007. Der Hauch des Todes. Die Frau Doktor hielt sich mit Mundschutz über ihre Klientin gebeugt.

„Na endlich, dein Freund und Helfer!"

„Jessas!"

„Entschuldige, Birngruber, ich hab's vergessen." Sie legte ihm scheinbar mitfühlend die Hand auf die Schulter. Der hielt sich entsetzt an der Frau Doktor fest. Seelenruhig deckte die den offenen Bauch ab. Dann hängte sie der Mayrhoferin einen Zettel an ihren Zeh.

„Du kannst ja keine Toten sehen."

„Tot schon, aber ..."

„Die Innereien sind das Problem." Sie lächelte verständnisvoll. Zuckersüß. Falsch. „Im Hotel hat sie den Herren wohl besser gefallen?"

„Kennst du jetzt den ... Todeszeitpunkt?", stöhnte der Brandner ungeduldig. Mit der Hand vor dem Mund. Die Luft begann dünner zu werden.

„Leider sind uns die Mundschutzklemmen ausgegangen. Ich hoffe, es ist nicht allzu schlimm?"

Da beide nicht antworteten, zuckte sie mit den Schultern. Verzog den Mund zu einem Grinsen.

„Nun zum Bericht. Ihr habt sie gefunden um ..."

„Neun Uhr morgens", keuchte der Birngruber. Zwischen zwei Atemzügen.

„Richtig. Neun Uhr. Lasst uns nachdenken. Wenn der Energielieferant Adenosintriphosphat nicht mehr einschießt, dann werden die Muskelproteine nicht mehr isoliert. Die Muskeln erstarren. Verhärtung passiert von oben ... Also Unterkiefer, Hals- und Nackenmuskulatur, dann erst der Rumpf ..."

Worauf wollte die Füchsin hinaus? Ihm waren all diese Dinge bekannt. Er vergaß oder verdrängte sie nur von Fall zu Fall. Es gab einfach zu wenige Tote im Salzkammergut.

„Woran ist sie gestorben?"

„Extremitäten erstarren zuletzt. Bezogen auf die herrschende Zimmertemperatur, sagen wir bei zwanzig Grad, im Brunnenhotel", fuhr sie unbarmherzig fort.

Der Brandner begann die Kontrolle über seine Beine zu verlieren. Der Leichenduft verursachte ihm Bewegungen in seiner mittleren Körperregion.

„Dann setzt die Leichenstarre nach ein bis zwei Stunden ein. Unter bestimmten Umständen erstarrt der Korpus früher. Sagen wir, wenn die Muskeln kurz vor dem Tod stark belastet werden. Etwa durch ..."

„Sex!", platzte der Birngruber heraus. Der Brandner sah ihn genervt an.

„Sehr gut, Revierinspektor Birngruber!", lachte die Füchsin amüsiert. Ihr Theater schien Früchte zu tragen. „Sex zum Beispiel. Chefinspektor Brandner, gab es Anzeichen dafür?"

Der Birngruber schüttelte seinen roten Kopf. Der Brandner reagierte gar nicht darauf. Hätte die Mayrho-

ferin vor ihrem Tod noch Sex praktiziert, so hätte die Füchsin das längst bei ihrer Obduktion festgestellt. Mit ihrer Fragerei wollte sie ihn einfach nur in Verlegenheit bringen.

„Herrschaftszeiten! Woran starb sie uns jetzt?“ Der Brandner schrie. Er hielt es nicht mehr aus. Wusste, was unausweichlich kommen würde.

„Ich ...“

„Was ist denn, Chef?“

Doch der Seppi war selbst grün im Gesicht. Ohne weitere Worte packte der Brandner seinen Revierinspektor bei der Uniform und eilte mit ihm aus der Prosektur.

„Acht Uhr! Plusminus eine halbe Stunde. Sie ist erstickt!“ Das Gelächter der Frau Doktor schallte ihnen hinterher.

***

Der Brandner hatte es dem Birngruber schon oft erklärt. Seine Nase war das Problem. Die Fachbezeichnung dafür: Hyperosmie. Richtig verstanden hatte es der Birngruber natürlich nie. Störungen des Riechorgans kamen bei Menschen äußerst selten vor. Er selbst hatte es bereits als Kind an sich festgestellt. Auf Geruchsreize reagierte er wesentlich sensibler als alle anderen. Während der Birngruber also kein Blut sehen konnte, war es ihm schon in die Nase gestochen, bevor sie den Seziersaal betraten. Natürlich wusste die Frau Doktor Bescheid. Er selbst hatte ihr von dieser Überempfindlichkeit vor Jahren erzählt. Ebenso lange quälte sie ihn nun damit. Lockte ihn mit Praktiken wie der heutigen in ihren Bau.

Da der Birngruber über einen robusten Magen verfügte, biss er schon auf dem Heimweg in das gräfliche Kanapee.

Auf dem Posten angelangt, zog sich der Brandner sofort in sein Zimmer zurück. Dort legte er die Habseligkeiten des Grafen vor sich auf den Tisch. Sie hatten also drei Fälle am Hals. Zunächst den Ischler Jahrhundertdiebstahl. Dann den Mord an jener Frau, die als Diebin vermutet wurde. Endlich den Moosberg. Seit zweieinhalb Tagen abgängig. Gab es zwischen all dem einen Zusammenhang? Er sah auf seinen Schreibtisch. Der Graf stierte ihn an. Ein Porträt in schwerem Goldrahmen. Sein schwungvoller Autograf prangte darunter. „Leonhard Graf von Moosberg-Grünau Freiherr Fischer von Münchhaus." Die Herrschaft, die gestochene Handschrift, alles beschwor im Brandner eine Welt, die mit dem Kaiser längst untergegangen war.

Er nahm sich Moosbergs Kalender vor. Der Graf hatte offenbar wahrgemacht, was zuletzt in mehreren Zeitungsinterviews verbreitet worden war. Den völligen Rückzug aus all seinen Firmen. Laut den fehlenden Terminen ging der Moosberg tatsächlich keinen Aktivitäten mehr nach. Offenbar plante er nur kurzfristig. In der aktuellen Woche fanden sich fünf Eintragungen: am 9. August *Hirschjagd* und *Wu 7 abends*, am 11. August *B. fragen*, am 13. August *Kirchbichler 3* und *Kaiserhaus Wien*.

Am 9. August war der Moosberg vor der Hirschjagd im Wald verschwunden. Während *Kirchbichler* höchstwahrscheinlich ein Name war, blieben *Wu* und *B. fragen* für den Inspektor noch rätselhaft. Hatte der Moosberg seinen Termin mit jenem *Wu* wegen der Jagd abgesagt? Dem Brandner fiel nur ein Wu ein. Der Besitzer von Wu's Happy Cat, dem Ischler Chinarestaurant, eines von vielen der Kette. Doch was hatte der feine Herr Graf mit chinesischem Fast Food zu tun? Auffallend war immerhin, dass ja auch Monika Mayrhofer dort gekellnert hatte. Dann blieben noch die Einträge *Kaiserhaus Wien, Kirchbichler*. Er wähnte sich nahe einer Eingebung, kam aber nicht darauf. Schließlich winkte er die Sekretärin herein.

„Milli!"

„Ja, Chef?"

„Bitte schau nach, was du unter dem Namen Kirchbichler findest. In Moosbergs Kalender steht eine Notiz."

Schon war sie wieder in ihrem Vorzimmer verschwunden. Sie würde zunächst die legalen Quellen anzapfen. Nur wenn diese nichts ergaben, würde sie auf andere Kanäle ausweichen. Genaueres wollte er gar nicht erfahren.

Der Brandner riss sich von Moosbergs Habseligkeiten los und machte es sich auf dem Sofa seines Großvaters bequem. Er hatte es wegen der Aussicht an das Seefenster gestellt. Von hier beobachtete er das Geschehen. Die ersten Segler kamen von Ebensee heim. Sie hatten das bisschen Sommerwind ausgenützt. Nun legten sie am Steg des Yachtclubs an oder wurden wieder an einer Boje vertäut. Der Brandner vermisste die Unbeschwertheit seiner Seglerzeit. Zu lange hatte er seine *Stella* nicht mehr besucht. Seit der Jugend hatte sie ihn durch alle Wellen getragen, nun schaukelte die Yacht verlassen im dunklen Bootsschuppen vor sich hin. Er rollte die Bar zu sich und goss sich einen Whisky ein. Höchste Zeit, dass er endlich auf Urlaub ging!

„Fertig, Chef!" Die Milli stand in der Tür. „Dreimal Kirchbichler. Laut amtlichem Meldeverzeichnis."

„Her damit!", bekannte er müde und doch beeindruckt von ihrer effektiven Arbeitsweise.

„Eine Frau in Tirol, Tamsweg, tragischerweise im letzten Monat verstorben. Ein Doktor in Graz, Inhaber einer Ordination für plastische Chirurgie, führend bei Brustimplantation."

Der Brandner wollte zwar in Bezug auf Moosbergs Interessen noch nichts ausschließen. Doch da kam ihm die Milli schon mit der dritten Person.

„Restaurator Paulus Kirchbichler, Wien, akademischer Maler, eingetragen als gerichtlich beeideter Sachverständiger. Fachgebiet Kaiserhaus."

Hektisch nahm er Moosbergs Kalender zur Hand. *Kaiserhaus Wien* hatte der Graf für morgen eingetragen. Dann griff er zum Wiener Auktioneum-Katalog. Die Auktion *Schätze aus dem Kaiserhaus* begann morgen um sechzehn Uhr dreißig. Zwei Marmorfiguren waren markiert. Der Brandner blätterte zu der ersten Seite zurück. Zuständiger Experte war Paulus Kirchbichler.

***

Die Rosi würde wieder schimpfen. So viel war klar.

Während der Brandner bis zum späten Nachmittag im Büro auf dem Sofa gelegen war, um den Fall durchzudenken, war er in ein Nickerchen gefallen. Früher als gewohnt hatte er das Büro verlassen, um sich im Spies ein Bier zu genehmigen. Fünf Halbe waren es schließlich geworden. Als er endlich schon bei Mondschein nachhause kam, schaffte er es immerhin bis zum obersten Treppenabsatz.

„Da ist er ja!" Breitbeinig stand die Rosi im Nachthemd da. Ihr Busen wogte vor Zorn.

„Jessas, Rosi! Du schreckst mich noch zu Tode!"

„Gustav Adam Brandner! Wo kommst du her?"

„Eine Amtshandlung."

„Erzähl mir nichts! Du warst wieder Saufen!"

„Jawoll. Der Spies wird als Zeuge vernommen."

„Ach wo! Der bezeugt doch nur, dass du noch ein Krügerl brauchst!"

„..."

„Was hat die Gräfin heute erzählt?"

„Du willst bestimmt schlafen gehen. Lass uns morgen ..."

„Schluss, aus, du erzählst jetzt." Die Rosi scheuchte ihn in die Küche. Drückte ihn auf die Eckbank und nahm selbst am Ende Platz.

„Zur Jagd hat er wollen. Sagt die Liesl."

„Nun ja. Es ist Rotwildzeit."

„Na und?"

„Der Moosberg hat den Büchsenspanner zurückgeschickt. Er wolle über Nacht in seiner Jagdhütte bleiben."

„Allein? In der Hütte?"

„Blieb er aber nicht."

„Und was will er in Wien?"

„Woher weißt du das?"

„Die Liesl hat ihn telefonieren hören."

„Soso. Lauschen kann also hilfreich sein."

„Er wollte unbedingt hinfahren. Sich mit ein paar Leuten treffen."

„Es gibt im Auktioneum morgen diese Auktion. Zwei Marmorskulpturen scheinen ihn zu interessieren."

„Falsche Fährte, Gustl. Du weißt schon, dass es mit Moosbergs Ehe nicht mehr zum Besten steht?"

„Also noch ein Schild unten am Eingangstor, *Rosis Eheberatung*."

„Mach dich nur lustig. Die Liesl sagt, dass die täglich gestritten haben. Schon jahrelang."

„Das kommt ja wohl in den besten Familien vor."

„Kann sein. Doch nicht immer geht es um hundert Millionen."

„Wir wissen doch noch gar nicht, ob der Moosberg tot ist."

„Der Graf hat keine Kinder, sagt die Liesl."

„Und nicht jede Ehefrau wird zur Mörderin, Rosi. Lass mir die Gräfin in Ruhe!"

Er sah die arme Eleonora vor sich. Weinend. Am Boden zerstört. Es war völlig ausgeschlossen, dass die brave Frau dem Moosberg Böses wollte. Die Rosi sah einfach zu viele Fernsehkrimis. Genauso der Birngruber.

„Vielleicht wird das dein Glücksfall, Gustl." Sie schlug das Kreuzzeichen.

„Was meinst du?"

„Naja. Wer eine Freundin haben will, der geht in die Großstadt. Oder online heutzutage."

„Meine Sache."

„Wien ist anders, Gustl!"

„Ich kümmere mich jetzt um den Moosberg. Gute Nacht!"

„So oder so. Ich werde mich umhören. Auch ein Hotel habe ich schon für dich!"

Er flüchtete endlich an ihr vorbei in sein Schlafzimmer. Es gab in diesem Haus kein Recht auf Privatleben. Damit lebte er schon seit Jahren. Doch nun mischte sich die Rosi auch noch in seine Ermittlungen ein.

12. August

Am nächsten Morgen überraschte der Brandner den Birngruber auf der Bank für den Parteienverkehr. Wie so oft hatte der gleich hier Nachtdienst geschoben. Der Brandner beließ es bei einer sanften Ermahnung. Schließlich gab es heute noch viel zu tun. Zum Frühstück legte ihm die Milli dann eine zweiseitige Liste auf den Tisch.

„Die Mayrhoferin hat nur sehr selten telefoniert. Die Aufstellung ihrer letzten Gespräche reicht bis zum Vortag des Diebstahls. Der Rest kommt, wenn mein Informant wieder Zeit hat. Es ist gerade viel los im BVT."

Der Brandner lächelte ihr dankbar zu. Die Milli verabschiedete sich wieder, denn der Birngruber wartete auf sie in der Tür. Bürgermeister Großbauer hatte beide als Personenschutz angefordert. Die Gmundner Festwochen entwickelten sich immer mehr zur Bühne für politische Auftritte. Doch diesmal sprach gar der Landesvater zur Blasmusik. Da durfte natürlich auch Albert Großbauer nicht fehlen. Der Birngruber gab dabei den Bodyguard. Diente auf der Bühne als Abschreckung. Die Milli überwachte den Rathausplatz gegen politische Unruhestifter.

Während seine Mannschaft also Außendienst schob, nahm der Brandner in seinem Büro die Telefonliste der Toten wieder zur Hand. Von den wenigen Personen, mit denen Monika Mayrhofer noch telefoniert hatte, kannte er nur eine persönlich. Den Doktor Gneisser, ein bekannter Anwalt aus Linz. Ihn hatte sie in der letzten Woche zweimal für längere Gespräche kontaktiert. Hatte sie sich vor ihrem Diebstahl juristisch beraten lassen? Der Gneisser galt im Strafrecht jedenfalls als harter Hund.

Auffällig erschienen noch drei Anrufe der Vorwoche von einer Nummer, die Brandner gut kannte. Sie gehörte dem Ischler Gemeindeamt. Wozu hatten die Beamten mit der Mayrhoferin telefoniert?

Verteilt über den weiteren Vormittag widmete er sich endlich wieder einmal seinen E-Mails und mit einigem Widerwillen Rosis Einkaufsliste. Er hatte ihr versprochen, manches für die Pension zu besorgen. Als er wieder zurück auf dem Posten eintraf, erwarteten ihn die Milli und der Birngruber.

„Seppi. Wir überprüfen Moosbergs Kalendereintrag vom 9. August: *Wu 7 abends*. Auf ins Happy Cat!“

„Ich darf ermitteln?“

„Du bist Revierinspektor. Ein solcher überprüft auch Verdächtige.“

„Weltklasse, Chef.“

„Es scheint klar, dass der Moosberg ein Treffen mit Wu plante, es würde aber helfen, wenn wir es ihm nachweisen könnten.“

***

Eine halbe Stunde später setzte er den Birngruber vor dem Happy Cat ab.

„Diesmal gehst du offiziell vor. Die Tote war schließlich diebstahlsverdächtig.“

„Offizielle Vernehmung, Chef.“

„Mittendrin zeigst du ihnen Moosbergs Foto und fragst, ob der Graf am 9. August dort war. Wenn ja, mit wem und warum.“

„Klare Sache. Ich kauf mir den Wu!“

Nicht ohne Sorge verließ er seinen Assistenten. Doch er musste endlich beim Ischler Stadtoberhaupt vorsprechen. Schließlich handelte es sich bei der Sisi um ein Ischler Heiligtum. Mit Millis Telefonliste in der Hand klopfte er an der Vorzimmertüre zu Hubert Kleinsteindl.

„Ja, der Herr Inspektor!"

„Servus, Helga! Ist der Herr Bürgermeister da?"

„Beim Gratulieren! Wieder ein Runder."

„Aja." Er wunderte sich, wie viele Geburtstagsgratulationen der Ischler Ortskaiser persönlich vornahm. „Eigentlich wollt ich eh mit dir reden, Helga."

„Aha?"

„Naja, der Fall Kaiservilla."

„Die Sisi vom Erzherzog!"

„Genau. Im Zuge der Ermittlungen müssen wir wissen, ob jemand von euch mit der Frau Mayrhofer telefoniert hat."

„Diese Aushilfe vom Café? Ist's wahr, dass die tot ist? Sie soll die Diebin sein. Ganz Ischl redet schon davon."

„Sie ist die Hauptverdächtige. Das wollte ich dem Bürgermeister erzählen. Aber sag, das ist doch eure Nummer im Amt?" Er reichte ihr die Liste. Drei Anrufe waren rot markiert.

„Stimmt genau."

„Drei Anrufe für die Tote. Immer abends. Am 5., 6. und 7. August. Tags darauf war sie tot."

„Soso!" Die Helga rümpfte ihr Näschen und ging auf Distanz. „Zu dem Anschluss hier haben viele Leute Zugang."

„Schon, aber wer hat schon dein Gedächtnis, Helga. Vielleicht erinnerst du dich an etwas."

„Also ich hab nicht mit der da gesprochen. Und von hier kann praktisch jeder telefonieren.“ Sie blieb immun gegen seinen Charme.

„Kannst du für uns herumfragen? So eine Vorladung könnte für Wirbel sorgen.“

„Jetzt hör aber auf! “

„Aber die Anrufe?“

„Das war eine ... von auswärts! Die hat sich doch durch halb Ischl geschlafen!“

„Aber wozu könnte jemand von der Gemeinde mit ihr telefoniert haben? Gleich drei Mal!“

„Vielleicht hat sie eine Bestätigung gebraucht für ihre Anstellung in der Villa oben. Oder eine Wohnung gesucht, wir helfen doch jedem, wo es geht.“

„Du, Helga, wir kennen uns doch ...“

„Naja.“

„Die Mayrhoferin, könnte die vielleicht ... könnte sie Komplizen gehabt haben? Hier im Haus.“

„Sag, spinnst du?“

„Naja ...“

„Mit dem Flitscherl? Raus da, Brandner! Schleich di!“

Das hätte er sich vorher ausmalen können. Undenkbar für eine Dasige. Dass ein Ischler aus dem Gemeindeamt dem Erzherzog die Sisi gestohlen hat. Der Brandner empfahl sich schleunigst. Vermutlich gab es tatsächlich eine einfache Erklärung. Er beschloss, den Anrufen vom Amt vorerst nicht weiter nachzugehen.

***

Langsam verschwanden der Jainzen und die Ischler Hügel im Rückspiegel. Der Brandner steuerte wieder Gmunden entgegen. Schweigend saßen sie nebeneinander. Jeder hing seinen Gedanken nach. Schließlich begann der Birngruber mit dem Bericht seiner Befragung im Happy Cat.

„Die waren nicht wirklich happy mit der Mayrhoferin."

„Wieso, Seppi?"

„Oft unfreundlich zu den Gästen. Aber das war nicht alles."

„Was noch?"

„Nicht immer korrekt bei der Trinkgeldabrechnung, sagen die Kollegen. Nicht fleißig genug, sagt der Geschäftsführer."

„Sie hat eben woanders besser verdient."

„Big Wu verlangt aber höchste Ansprüche, Chef. Tolles Lokal."

„Und das Fräulein Monika?"

„Man hat sich von ihr schon im Probemonat getrennt. Das ist jetzt zwölf Wochen her."

„Das war ihre nachtaktive Zeit, Seppi. Kein Wunder, dass die nicht immer gut drauf war."

„Und dann stand er auf einmal da. Der Wu." Der Birngruber spannte seinen Körper.

„Tatsächlich? Big Wu?"

„Hat sich nach meinem Einsatz erkundigt. Weil ich ja in Uniform und so."

„Was sagt der Wu?"

„Dass er uns Weltklasse findet. Hat die Polizeiarbeit gelobt."

„Gelobt?"

„Jawoll, Chef, weil wir die Sisi jagen. Und dass wir sie finden müssen. Sagt der Wu."

„Den Sisi-Kopf …", stocherte der Brandner nach und hoffte inständig, dass sich der Seppi nicht weiter jedes Wort aus der Nase ziehen ließ.

„Kulturgut, sagt er, unwiederbringlich und so."

„Na und?“

„Dann hab ich ihn gefragt, ob er einen Grafen Moosberg kennt. Von gelegentlichen Besuchen, hat er gemeint. Weil der genau wie die Sisi verschwunden sei, sag ich. Ah so, sagt er. Unglaublich. Und sein Gespräch, frag ich. Mit dem Moosberg. Aja, meint er, eine Reservierung. Die er abgesagt habe, der Graf. Na und dann hat er das Essen aufgetragen. Ente süßsauer. Netter Typ.“

„Du hast dich doch nicht einladen lassen!“

„...“

„Seppi?“

„Ja, Chef?“

„Na und weiter?“

„Wie sich der Wu verabschiedet hat, hab ich dann das Foto gezeigt. Den Moosberg halt.“

„Um Himmels willen! Doch nicht dem Wu?“

„Nicht dem. Der Kellnerin, hab ihr zehn Euro gegeben.“

„Gut gemacht, Seppi.“

„Da sagt mir die, der Mann sei dagewesen. Vor ein paar Tagen. Vielleicht eine Viertelstunde lang.“

„Büro von Mister Wu, frag ich. Da nickt sie.“

„Weiter, Seppi!

„Laut sei's geworden im Büro hinten. Streit, frag ich. Heftig, sagt sie.“

„Na und?“

„Das war's.“

Der Moosberg hatte sich also am 9. August mit Big Wu getroffen. Das hatte der Birngruber nicht übel recherchiert.

„Sehr gut, Seppi. In Zukunft weiß ich, dass ich dich für heikle Befragungen einsetzen kann.“

„Zeit wär's, Chef.“

„Auch undercover. Fix ausgemacht."
Der Birngruber strahlte.
„Chef?"
„Ja, Seppi?"
„Die zehn Euro. Zurück hätt ich s' gern."

13. August

Er reiste nicht gerne. Er reiste nie. Besonders Wien war ihm längst unwirklich geworden. Obwohl es der Ort seiner Kindheit war. Nun hatte sich ein Besuch aber als unvermeidlich erwiesen. Mit Widerwillen hatte er sich für den Frühzug entschieden.

Während der Fahrt stiegen Erinnerungen im Brandner auf. Wien. Die eigene Kindheit. Die Familiengeschichte. Er wusste nun, wo er Paulus Kirchbichler bereits begegnet war.

Das erklärte Ziel der Reise war, des Grafen habhaft zu werden. Dafür brauchte es einen Plan. Er würde einfach Moosbergs Terminen folgen. Dem ersten Eintrag für heute, 13. August: *Kirchbichler 3*.

Leonhard von Moosberg verkörperte geradezu gesellschaftlichen Erfolg. Er war vermögend. Dem äußeren Anschein nach glücklich verheiratet. Tauchte ein Mann in seiner Situation einfach so unter? Oder war er in Schwierigkeiten geraten? Vielleicht nahm er sich einfach selbst aus dem Spiel? Frönte irgendwelchen Leidenschaften. Immerhin hatte er Termine in Wien eingetragen und seiner Frau kein Wort gesagt. Hatte die Milli doch recht? War Moosbergs Ehe erfüllt von Hass und Streit? Der Brandner wollte nicht daran glauben. Das Verschwinden musste mit dem Sisi-Diebstahl zusammenhängen.

Er blickte aus dem Fenster. Farbenreichtum und Vielgestalt der Landschaft erstaunten ihn. Das Gelbgrün der Wiesen und Felder, das Blau des Himmels, der Flüsse und Bäche. Weiß-rote Bauernhöfe wie dazwischengewürfelt. Er ertappte sich dabei, wie er die Zugfahrt zu genießen begann. Beinahe bedauerte er es, als der dunkle moosige Wienerwald kam. Die ersten Stadtrandhäuser, ein Baumarkt, das Fußballstadion.

***

Wien. Am Westbahnhof. Er ließ sich treiben, vom Gewühl, den Gerüchen, lautem Geschrei, das er nicht verstand. Wien war zu einer Stadt des Ostens geworden. Kaum ließ er die Massen des Bahnhofs hinter sich, kämpfte er gegen die rücksichtslosen Fußgänger der nahen Einkaufsmeile. Nur ein Katzensprung bis zum Hotel, hatte die Rosi ihm eingeschärft und dabei seine Sachen gepackt. Ganz so, als sei sein Gedächtnis ein Sieb. Als wäre der Adresszettel überlebensnotwendig. Etwas verlegen zog er ihren bunten Blumenkoffer hinter sich her. Nur nach Herrn Hasardi fragen. Dem Direktor. Sie habe für alles gesorgt. Dem Brandner kam in den Sinn, dass sie sich hier vielleicht eine Provision verdiene. Während er überlegte, wie hoch ihre Beteiligung an einer Zimmervermittlung wohl sei, kam Rosis Empfehlung schon in Sichtweite.

Das Haydn Hotel lag in einer Geschäftspassage. Viel Glas. Gehobenes Kaufhaus. Es gab sogar ein Kino im Haus. Direkt an der Hauptstraße. Der Eingang befand sich im zweiten Stock. Den Koffer in der Hand, stieß er die Türe auf. Al Pacino stand hinter der Rezeption. Zumindest sah er so aus.

„Zu Direktor Hasardi, bitte." Er spielte sein Repertoire ab.

„Salam. Sprich Chozardy, bitte sehr. Der Neffe ist endlich da, wie schön."

„Der Neffe?"

„Jaja, die Tante hat alles geregelt. Bitte sehr."

„Tante?"

„Ihre Tante Rosi aus Gmunden. Gestatten, ich helfe. Bitte schön."

Schon eilte Hasardi hinter der Rezeption hervor. Er griff sich das Köfferchen.

Der Brandner erhielt einen Schlüssel überreicht.

„Nummer vierzehn ... sehr schön. Reisen war angenehm?"

„Alles bestens."

„Bitte sehr. Vielleicht ein Chai?"

„Was?"

„Chai ... Tee."

Der Brandner lächelte, doch er lehnte ab. Der Direktor war wirklich sehr freundlich. Nur eben ein Vielredner. Sogar während des Koffertransfers hörte Hasardi nicht zu reden auf.

Das Zimmer befand sich einen Stock höher. Der Brandner dankte und schloss die Tür. Packte gewissenhaft aus. Nahm das Gewand aus dem Koffer. Er hatte den besten Anzug gewählt. Passend dazu die genagelten Maßschuhe. Richtige Kleidung war von größter Bedeutung für einen Undercovereinsatz.

Dann kehrte er zur Rezeption zurück. Dort gab er den Schlüssel ab.

„Ein paar Mezze?"

„Ich weiß nicht ..."

„Bitte schön. Probieren!" Die Platte war randvoll gefüllt. Schon schob ihm Hasardi das größte Plätzchen in den Mund.

„Nicht ... schlecht."

„Merci. Sehr schön."

„Was ist das?"

„Die Eier vom Fisch. Persische. Spezialität meiner Frau. Mein Herz, mein Leben!" Er holte unter dem Tresen ein Bildchen hervor. Hielt es dem Brandner hin. Ein

schmachtender Blick. „Die meinige! Ghorbonet beram. So schön."

Typ persische Göttin. Der Brandner schluckte die Fischeier. Genau sein Geschmack.

„Freundschaft ... Bitte sehr."

Schon wieder schwebte ein Tablett vor Brandners Nase.

„Safrankekse, selbstgemacht. Meine Frau, meine Blume, mein Herz, mein Leben, Allah-o-akbar!"

Der Brandner flüchtete zur Türe hinaus. Zu viel Freundlichkeit.

***

Gmunden. Im Chefzimmer. Revierinspektor Josef Birngruber sank entspannt in den Ledersessel zurück. Völlig klar, wer nun hier der Postenkommandant war. Jetzt, da der Brandner auswärts ermittelte, war das sein Stellvertreter. Postenkommandant-Stellvertreter war er. Somit war er jetzt auch der neue Chef. Klare Sache. Logisch gehört da auch die Sekretärin dazu. Das mag die Milli sehen, wie sie will. Punkt. Aus.

„Milli! Die Post. Was hamma?"

Nebenan knallte die Türe. Er widerstand seiner ersten Regung. Er würde es ihr noch einmal durchgehen lassen. Ohnehin war es an der Zeit, dass endlich wieder Ruhe einkehrte. Nach all der Aufregung. Der Chef blieb ja nicht ewig fort. Bis der zurückkam, hatte er die Fälle Mayrhofer und Moosberg schon aufgeklärt. So wahr er Josef Birngruber hieß! Wäre nur nicht so höllisch viel anderes auf dem Posten zu tun. Warum also nicht ...? Er probierte es mit der untersten Lade. Tatsächlich. Brandners Zirbenschnaps. Verantwortung musste belohnt werden. Wohlige Schauer durchströmten den neuen Kommandanten. Schluck für Schluck.

Milli Marek war sich noch unsicher. Sie kam in Versuchung, dieses coole Contouring zu bestellen. Feine Sache. Auch die fast echten Kunstwimpern lagen online im Rennen. Vor allem konnte sie es kaum erwarten, endlich ihr neues Rouge auszuprobieren. Der Chef blieb ja wohl nicht ewig in Wien. Aber warum warten? Sie beschloss, es gleich zu tun. Nicht für den Seppi. Wozu auch? Wann hatte der sie überhaupt das letzte Mal genau angesehen?

***

Im Chefzimmer läutete das Telefon. Beinahe war er eingenickt. Die Gräfin! Zweimal hatte die Milli ihn schon verleugnet, jetzt hatte sie die Moosberg durchgestellt. Nun blieb ihm also nichts anderes übrig, als mit ihr zu telefonieren. Beruhigen, würde der Chef sagen.

Wie es denn stünde, wollte die Gräfin wissen. Um die Ermittlungen. Leider könne er gar nichts sagen. Nur so viel, unter dem Siegel der Verschwiegenheit, der Herr Brandner sei heute nach Wien gefahren. Um den Herrn Grafen schleunigst zu finden. Keine Sorge! Hochwohlgeboren sei bald wieder da. Tot oder lebendig, die Polizei finde jeden. Forderung sei ja noch keine aufgetaucht.

Nachdem der Birngruber eingehängt hatte, fühlte er sich schon deutlich besser. Die Gräfin war fürs Erste versorgt. Klare Sache. Auch der gesunde Hunger stellte sich wieder ein.

„Milli, Schatz?“ Er horchte an der Tür. Keine Reaktion im Vorzimmer. Erst das Türknallen, nun hatte die auch noch auf das Frühstück vergessen. Eine rechte

Zwiderwurzen, die Milli! Ein richtiger Grantscherben! Doch die verdarb ihm jetzt nicht den Tag.

Da hörte er, wie man von draußen seinen Namen rief.

„Birngruber!"

„Jessas, der Huberbauer!"

„Wohl, wohl. Griaß di."

„Komm rein, Huber. Ich bin da drüben."

„Und der Brandner?"

Das Chefbüro sei kurzfristig umbesetzt. Bekam der Landwirt aus Aurachkirchen zu hören. Er, der Birngruber, habe jetzt das Sagen. Als Postenkommandant. Der Alte nahm Platz. In ein paar Minuten hatte ihn der Huber über sein Anliegen in Kenntnis gesetzt.

„Klare Sache, Huber. Dir ist also die Frau abgehaut."

„Aber wo! Die ist einfach net da!"

„Wo ist sie denn hin?"

„Na weg halt!"

„Du willst also eine Vermisstenanzeige aufgeben?"

„Wieso? Ich vermiss sie ja net."

„Und wieso bist du dann da?"

„Naja, weil die Resi normal net so einfach weggeht. Also über zwei Tag'!"

„Also eine Vermisstenanzeige."

„Aber gleich anzeigen? Kannst du sie net einfach finden, Birngruber?"

„Da kann man nicht vorsichtig genug sein, Huber! Wir haben gerade einen ähnlichen Fall ..."

„Und wenn die Alte nur zur Schwiegermutter gefahren ist?"

„Würdest du? Zu deiner Schwiegermutter?"

„Haha! Net direkt."

„Hast du dort angerufen?"

„Keiner geht ran."

„Wie lange ist sie jetzt genau weg, die Resi?"

„Vorgestern war sie noch da! Beim Frühstück."

„Also achtundvierzig Stunden!"

„Ganz genau."

„Sie hat doch immer auf dich geschaut, die Resi ..."

„Jawoll. Hat sie."

„Und gekocht hat sie für dich!"

„Sogar sehr guat."

„Na, dann ... vermisst du ja etwas, Huber."

„So gesehen." Der Huberbauer nickte verdutzt.

„Also Vermisstenanzeige." Der Birngruber strahlte vor Stolz. Weltklasse, wie er dem Alten das alles erklärt hatte. Jetzt konnte er dem Brandner eine Amtshandlung vorweisen. Er drängte den Bauern noch zur Blankounterschrift, und dann zur Türe hinaus.

Jetzt musste aber die Milli her. Höchste Zeit für das Revierfrühstück.

***

Es war halb drei. Am Nachmittag. Brandners Taxi hielt direkt auf dem Stephansplatz. Er bezahlte den Fahrer und trat auf das historische Pflaster. Alles wie damals, kam es ihm in den Sinn und er blickte hinauf zur Spitze des Stephansdoms. Die Blutgasse lag gleich dahinter, kaum eine Minute entfernt. Sie wirkte so kurz, wie der Kirchturm hoch war. Er verharrte vor dem Schild mit der Aufschrift *Atelier Paulus Kirchbichler – Restauration – Ikonenmaler – Sachverständiger für das Kaiserhaus.* Das Spiegelbild in der Glastür machte ihn zufrieden. Sauberer Scheitel, Nadelstreif, Krokoledertasche. Altes Geld. Alles sah aus, wie es sollte. Er öffnete die Tür und trat ein.

„Sie wünschen?" Die Begrüßung kam mitten aus einer Staubwolke. Jemand stellte die Säge ab. Ein Herr, um die sechzig, grauer Scheitel, tauchte aus dem Staubnebel auf. Der Brandner verbarg seine Überraschung. Paulus Kirchbichler war in die Jahre gekommen. Wäre er dem soignierten Herrn in Arbeitsmantel, rosa Hemd und Handwerkshose woanders begegnet, er hätte ihn wohl nicht wiedererkannt.

„Grüß Gott. Es heißt, Sie wären der beste ..."

„Hört man gerne. Wer war so zufrieden mit mir?"

„Mein guter Onkel." Er nannte einen Regierungsrat Soundso. Das musste genügen.

„Schau, schau! Der alte Lauser!" Der Kirchbichler lächelte geschmeichelt. Er nahm das Holz von der Säge und verstaute es vorsichtig in einem Stapel von Brettern unterschiedlicher Größen. „Die Restaurierung ist eine besondere Kunstform. Aber heute will kaum jemand mehr für so etwas zahlen."

Der Brandner hoffte, dass sein Verhältnis zum Regierungsrat nicht näher zur Sprache kam.

„Schön. All die Porträts." Er deutete auf den Herrgottswinkel im Atelier. Damit lenkte er das Gespräch auf Kirchbichlers Leidenschaft. Heiligenbild reihte sich an Heiligenbild.

„Meine Heiligen. Ich male sogar für den Erzbischof. Aber heute sind Porträts von Mozart und Sisi gefragt."

„Souvenirs?"

„Für Touristen! So kommt eben Geld in die Stadt." Der Kirchbichler lachte und zündete eine selbstgedrehte Zigarette an. „Wo liegt denn Ihr Sammelgebiet?"

Es war das Stichwort, auf das jeder Undercoveragent gewartet hätte. Der Brandner öffnete die Ledertasche und befreite eine kleine Figurengruppe behutsam von Seidenpapier.

„Wunderbar! Die Anna Selbdritt." Kirchbichlers Stimme bekam einen hymnischen Klang. Er brachte die Plastik nah an sein Auge und roch sogar daran. „Spätrokoko ... Nichts sagen! ... Klassizismus, wenn auch recht früh.“

Er ließ dem Gutachter Zeit.

„Ein Hagenauer?“

„Papas Lieblingsfigur“, nickte der Brandner. Es war nicht gelogen. „Sie wissen alles, Herr Sachverständiger.“

Der Restaurator ging auf seine Schmeicheleien nicht weiter ein.

„Johann Baptist Hagenauer. 1732 in Bayern geboren, lebte bis 1810 in Wien. Studierte an der Wiener Akademie. Bei Sammlern sehr begehrt. Das wäre was für den Wu“, murmelte der Restaurator.

„Wie bitte?“

„Nichts von Belang. Ein Sammler. Big Wu. Er interessiert sich für seltene Skulpturen.“

„Mister Wu?“

„Sie kennen ihn?“ Der Kirchbichler ging mit einem Mal auf Distanz.

„Nein, nein“, beeilte sich der Brandner.

„Ein Chinese. Reich wie Dagobert Duck.“

„Diese Chinesen ...“

„Macht großes Geld mit China Food. Neunundneunzig Restaurants in Österreich. Ungesundes, fettes Zeug. Doch im Happy Cat schmeckt's einfach gut!“

„Das Happy Cat in Bad Ischl kenne ich.“

„Dort lebt der Wu. Mein bester Kunde. Falls Sie den Hagenauer einmal verkaufen wollen ...“

„Ich überlege es mir.“

„Ein paar Teilchen fehlen. Elfenbein ist immer gefährdet.“ Der Kirchbichler sah ihn vorwurfsvoll an.

„Dann bitte ich Sie, keine Zeit zu verlieren. Machen Sie die Restaurierung.“

„Sie wünschen, wir liefern“, schmunzelte der Kirchbichler. „Herr ...“

„Gustav Adam."

Das genügte dann auch. Als ihm der Restaurator einen Kaffee anbot, wurden vier Ristrettos und ein interessanter Nachmittag daraus. In ein oder zwei Tagen könne er wiederkommen, so der Kirchbichler beim Abschied. Zum Glück hatte der ihn nicht nach seinem Beruf gefragt.

Der Brandner trat auf die Blutgasse hinaus und holte tief Luft. „Sie wünschen, wir liefern", meinte der Kichbichler. Der Wahlspruch aller Fälscher und Hehler. Brandners Nase juckte. Er spürte, dass er auf der richtigen Fährte war. Die Domuhr schlug halb vier. Immer noch keine Spur vom Moosberg. Der Graf hatte seinen Termin beim Kirchbichler also nicht absolviert.

***

Der Brandner entschädigte sich mit einem Bummel auf der berühmten Kärntner Straße. Eine Enttäuschung. Viele der ehrwürdigen Geschäftsfassaden waren den Schaufenstern internationaler Kaufhausketten zum Opfer gefallen. Doch fand er immer noch jenen Hofzuckerbäcker oder Glasfabrikanten, die hier seit Generationen Handel betrieben. Natürlich machte er einen Schwenk in die Kärntner Bar, jene von Adolf Loos eingerichtete Institution. Seit seiner Kindheit kannte und liebte er sie. Kam man sich doch hier nie alleine vor. Es mochte an den Rundumspiegeln liegen, die alles von den Wänden zurückwarfen. Triumphe oder Tragödien wirkten hier größer, als sie eigentlich waren. Auch das berühmte Porträt des Dichters Peter Altenberg, dieses bekannten Schnorrers und Klimt-Freundes, der verschroben von der Leinwand auf die Bargäste sah. Vor allem erinnerte sich der Brandner an die Besuche mit seinen Eltern. Oft nur auf eine Zitronenlimonade zwischendurch. Oder wenn Großvater die Familie einlud. Auf einen Aperitif, ehe man zum Geburtstagsdinner in das Hotel Imperial ging.

Der Inspektor hatte sich eben einen Old Fashioned bestellt, da klingelte sein Diensttelefon. Der Birngruber.

„Was ist los, Seppi?“

„Die Linzer, Chef.“

„Na und?“

„Sie sagen, dass die Frau Doktor recht hat.“

„Womit hat sie recht?“

„Na mit der Ursache. Erstickt ist die Mayrhoferin.“

„Da sagen sie uns nichts Neues.“

„Sie haben auch gemeint, dass ich ermitteln soll.“

„Wo sollst du ermitteln?“

„Na im Umfeld. Also ... wir ermitteln. Die Bezirkspolizei.“

„Warum wir?“

„Kommt billiger, sagen die. Als wenn einer aus Linz zu uns fährt.“

„Du sagst denen jetzt, dass wir dafür eine Weisung brauchen. Von ganz oben. Das ist nicht unser Fall.“

„Geht klar, Chef.“

„Wir verraten nichts über Moosberg und den Diebstahl, schon vergessen?“

„Klare Sache.“

„Erst einmal totstellen, klar?“

„Verstanden.“

„Recherchieren auf eigene Faust!“

„Wir regeln das selbst, Chef.“

„Du bist jetzt Kommandant. Keine Fehler, klar?“

„Natürlich nicht ... Aber Chef?“

„Ja?“

„Das wird die Frau Oberst nicht freuen.“

„Dann kracht's halt, Seppi."

„Dann kracht's."

Er legte auf. Diese Frau Oberst Karl wollte sie wieder einmal zu Erfüllungsgehilfen degradieren. Doch was die Frau Oberst wollte oder nicht, war ihm nun schon egal. Schließlich hatte ihnen die Tatortgruppe in Linz noch nicht einmal Akteneinsicht gewährt. Die da oben würden sich jetzt einmal mit ihnen befassen müssen. Wichtig war heute nur, Moosbergs Verschwinden aufzuklären. Ausgerechnet zwei Kaiserhaus-Statuen von Zumbusch hatten den Grafen interessiert. Reiner Zufall? Wohl kaum. Sie passten zum gestohlenen Sisi-Kopf. Er nippte an seinem Drink und sah auf die Uhr. *Kaiserhaus Wien* hatte der Moosberg im Kalender vermerkt. Bis zum Beginn der Auktion blieb kaum noch Zeit.

***

Das Auktioneum lag nur einen Steinwurf entfernt. Dem Brandner war das Haus von früher vertraut. Seine Eltern hatten hier häufig etwas erworben. Oder versteigern lassen. Manchmal waren sie auch nur eingekehrt, um die ausgestellten Antiquitäten unter die Lupe zu nehmen. Dann war er mit Vater oder Großvater vor einem Bild gestanden und hatte ihren Geschichten gelauscht. Oft waren es große Gemälde bedeutender Maler gewesen. Manches Mal auch nur kleine Trouvaillen. Gute Malerei fände stets ihre Sammler. So hatte es ihm sein Großvater erklärt. Manchmal auch erst nach Jahrhunderten.

Als Gustav Brandner nun die marmorgetäfelte Eingangshalle des Auktioneums betrat, erinnerte er sich wieder an jene Besuche. An die Unruhe knapp vor der Auktion, ehe der Auktionator zum ersten Bild aufrief.

An die Hochspannung, wenn es in der Versteigerung um die Toplose ging.

Er betrat den Großen Saal. Natürlich positionierte er sich in der letzten Reihe. Nur so gewinne man den Überblick über alle Konkurrenten im Saal. Hatte es ihm sein Großvater damals erklärt. Man sehe, wer bei welchem Los die Hand hebe, wann der Auktionator verharre oder rasch zuschlage und wie hoch letztlich die Sache ging. Denn Brandners Augenmerk galt diesmal dem Publikum.

Doch Graf Moosberg war noch nicht aufgetaucht. Der Brandner blätterte nach den vom Grafen markierten Objekten, sie gehörten zu den Toplosen der Auktion.

„Das wird hoch gehen", flüsterte ein junger feister Mann zu Brandners Linken. Er trug trotz des Körperumfangs einen jener Anzüge, in deren Hosen man kaum zu atmen schien.

„Kahlheimer, freut mich", schnarrte der Jungspund und reichte ihm aufdringlich die Hand. Er bestehe auf Fiffi. „Keine Sorge. Kein Konkurrent! Mache in modernen Malern." So als ginge es nicht um Kunst, sondern um Schnürsenkel. Oder Schweinebäuche.

Brandners Blick ruhte auf dem Eingang. Vom Moosberg fehlte noch jede Spur.

„... durch geschicktes Signieren namenloser Bilder ...", drang es ihm wieder ins Ohr. Er lehne das jedoch ab. So Fiffi Kahlheimer. Sie beide kämen bestimmt ins Geschäft. Kahlheimers Wichtigtuerei ging dem Brandner schlicht auf die Nerven. Er besah die aufgenötigte Karte. *F. KAHLHEIMER KUNSTSACHVERSTÄNDIGER.* Was war man in so einem Fall? Studiert? Gerichtlich beeidet? Doch dieser Fiffi hier kam ihm weder sachlich noch verständig vor.

Los Nummer 49 war an der Reihe. „Ein Marmorkopf. Darstellend Kaiser Franz Joseph. Von Caspar von Zumbusch. Ein Hauptwerk ..."

Zwei Bieter lieferten sich ein Gefecht. Bei dreihunderttausend hob noch ein dritter Bieter die Hand. Erste Reihe. Chinese, vielleicht Japaner. Erst bei der halben Million erfolgte der Zuschlag. Der Mann hatte die Hand nie heruntergenommen.

„Big Wu", raunte sein neuer Nachbar, Fiffi war längst verschwunden. „Sie kennen wohl seine Lokale, Happy Cat."

Der Brandner nickte. Mister Wu aus Bad Ischl. Nicht zuletzt wegen Moosbergs Kalendereintrag war der Wu für ihn interessant. Kirchbichlers Erzählungen fielen ihm ein.

Auch Los Nummer 50 ging ein ahnungsvolles und neidisches Raunen im Saal voraus. Doch Wu stand demonstrativ auf. Er schien die Aufmerksamkeit zu genießen. Sein Jackett zuknöpfend, schritt er lässig die vorderste Reihe ab. Als er den Saal verließ, lösten sich zwei Männer aus dem Publikum. Sie folgten ihm. Der Auktionator hatte während des Schauspiels respektvoll pausiert. Nun ging es weiter.

„Ein zweiter Marmorkopf. Kronprinz Rudolf von Österreich-Ungarn. Von Caspar von Zumbusch. Auch dies ein Hauptwerk ..."

Wieder duellierten sich die beiden Bieter. Der Brandner sah sie sich genauer an. Ein schlichter schwarzer Anzug mit weißem Kragen wies einen der beiden als Geistlichen aus. Das bessere Ende hatte der andere. Es belief sich auf vierhundertdreißigtausend. Gut gebräunt, elegant gekleidet, der Brandner schätzte ihn auf Ende fünfzig.

„Professor Spitz“, raunte sein Sitznachbar ehrfürchtig. „Vom Haubenlokal.“ Auch als Sammler sei der ein Feinspitz. Er habe schon alle anderen Figuren der Kaiserfamilie ersteigert. In Paris die Erzherzogin Gisela und in London Sisis „Einzige“, ihre Lieblingstochter Marie Valerie.

„Und der ... Verlierer?“

„Ach wo, Verlierer“, lachte Fleischer. „Pfarrer Tony Capelli. Sammelt alles vom Kaiser. Der hat die Mischpoche doch längst beisammen. Nur die Sisi fehlt noch. Doch die kriegt er nie!“

„Wieso?“

„Na, die ist doch in Bad Ischl. Beim Erzherzog!“

Der Diebstahl hatte sich also noch nicht herumgesprochen. Ordnungsrufe aus den vorderen Reihen wurden laut. Der Inspektor empfahl sich seinem Nachbarn aus Mühlheim.

Im Erdgeschoß sah er Wu bereits durch den Ausgang eilen. In der Gasse wartete eine lange Limousine. Schwarz mit der Tafel *GM BigWu99*. Laut Kennzeichen aus dem Bezirk Gmunden. Er war zweifelsfrei Wu. Jener Mann aus Bad Ischl, den Moosberg laut Kalender am 8. August um sieben Uhr abends hatte treffen wollen.

Einer der beiden Leibwächter öffnete Wu die Autotür. Während der andere seinem Herrn Körperdeckung gab. Der Brandner kehrte nicht zur Auktion zurück. Sorgenvoll machte er sich auf den Weg. Der Moosberg war wieder nicht aufgetaucht.

***

Ein freundlicher warmer Sommerabend. Noch früh. Inspektor Brandner verspürte keine Lust auf das Hotel. Er liebte das Landleben, doch nun war er schon einmal hier. In der Großstadt. Warum sich nicht auch amüsieren? Zurück auf der Kärntnerstraße ließ er die Ergebnisse des Tages Revue passieren. Soweit sie den Fall durchblickten, hatte die Mayrhoferin den Diebstahl begangen. Wer immer die Mayrhoferin umgebracht hatte, war wohl hinter dem Sisi-Kopf her gewesen. Konnte der dubiose Wu der Hintermann eines Auftragsdiebstahls sein? Welche Rolle spielte Moosberg dabei? Gab der Graf den Handlanger für Wu ab? Brandners Nase juckte. Sein Nasenjammer sagte ihm, dass die Spur zu Moosberg über den Sisi-Kopf führte. Allerdings musste er sich auf die Fersen aller Verdächtigen heften. Er allein schaffte es nicht, allen Spuren nachzugehen. Der Birngruber musste her. Diese Gedanken spukten durch Brandners Kopf. Er erreichte den pulsierenden Stephansplatz.

Da! Ein Schrei. Panik durchschnitt die Luft. In Sekunden bildete sich ein Tumult. Der Brandner kämpfte sich durch die Menge vor dem Stephansdom. Reihum standen Menschen. Sie rotteten sich zusammen. Gafften auf etwas. Auf jemanden.

„Vom Turm gesprungen!", schrie eine Frauenstimme.

„Nicht schon wieder! Werden immer mehr!"

„Sauerei!"

„..."

Weiter hörte er nichts mehr. Er sah das Blut auf dem Pflaster. Das Opfer. Wie es dalag. Jede Hilfe zu spät. Sie würden nicht mehr weitersuchen. Konnten die Fahndung einstellen. Der Moosberg. Vor ihm auf dem Stein. Er kniete nieder. Der Tote trug kurze Urlaubskleidung. Seine Hand umklammerte noch einen Rucksack. Brandner fühlte eine Hand auf dem Rücken.

„Ich bin Medizinstudent", hörte er, „treten Sie zurück."

Tonlos erklärte der Brandner dem Mann im Mozartkostüm, was geschehen war. Er sprach wie in Trance. Beobachtete die Wiederbelebungsversuche. Bis der Kartenverkäufer ihn ansah. Er schüttelte den Kopf, niedergeschlagen, er hatte die Reanimation eingestellt.

Der Brandner hielt Wache. Er schob die Leute beiseite, drohte, ja er schlug sie, wenn sie es wagten, zu nahe zu kommen. Alles kam ihm vor wie im Film. Tragisch. Unfassbar. Hoffnungslos.

Bis da ein Uniformierter stand. Es folgte das Übliche. Notarzt und Sanitäter stellten den Tod fest. Die Polizei wies ihn wie alle anderen hinter die Absperrung zurück.

„Ihren Ausweis!"

Der Mann mit der barschen Stimme trug Trenchcoat. Brandner griff in seine Tasche. Doch er hatte weder Papiere noch seine Marke bei sich. Als er sich als Kollege zu erkennen gab, stellte sich der andere als Kriminalleutnant Hofer vor. Bezirkspolizei, kanzelte Hofer ihn ab. Verzog die Nase. Doch als Bekannter des Opfers müsse er eine Aussage machen. Nicht jetzt, keine Zeit! Morgen auf dem Landeskriminalamt Innere Stadt.

Tatsächlich war er froh fortzukommen. Erst recht froh, dass er Moosbergs Leiche instinktiv durchsucht hatte. Seine Taschen waren leer gewesen. Selbst der Rucksack. Er fragte noch, obwohl er die Antwort ja eigentlich kannte.

„Wohin kommt er?"

„Ihr schmeißts eure Leichen ja noch in den See. Unsere kommen ins Kühlhaus. Morgen zehn Uhr. Wiedaschaun!"

***

Der Moosberg war tot. Der Brandner wankte durch die Straßen. Er mochte bereits eine Stunde gegangen sein. Wie in Trance nahm er die Stufen hinauf zum Hotel. Nur noch aufs Zimmer, dachte er. Da traf ihn der erste Pfeil.

„Überraschung!“, schrie ihm Hasardi ins Ohr. Ein Wuschelkopfbub zu seinen Füßen hob den Papierschnitzel auf. Grüne Papierschlangen hingen quer durch den Raum bis zur Rezeption. Er war in einen Geburtstag geraten. Es herrschte frenetisches Geplauder. Fremde Sprache. Unverständlich und doch merkwürdigerweise vertraut. Es klang wie Musik in seinen Ohren.

„Keine Party ohne Perser!“, gluckste einer. Der Hotelier stellte ihn vor. Sepe baue Häuser.

„Kindergeburtstag“, strahlte Hasardi. „Unser Amin ist schon drei!“

Eine fröhliche, friedliche Menge freundlicher Menschen. Sie schafften es, dass der Brandner die Umstände des Tages vergaß. Für kurze Zeit. Erst jetzt stellte er fest, wie hungrig er war. Er labte sich an Coucou sabzi. Langte bei Khoreshte zu, und als die Erwachsenen das Glas hoben, um dem Dreijährigen Glück zu wünschen, schrie auch der Brandner mit.

„Be Salamati!“

„Salam“, hörte er es da neben sich. Eine schlanke junge Frau lachte ihn an.

„Ich bin Isi. Aus Sāri.“

„Gustl. Ich bin aus Gmunden.“

„Gmunden, sehr schön, was machst du in Wien?“

„Ein Mordfall.“

„Wie aufregend.“ Sie lachte. Nahm seine Worte als Witz.

„Und ich repariere.“

„Was reparierst du?“

„Das Schlagobers!“ Stolz präsentierte sie ein Chromstahlteil an der Kaffeemaschine.

Das Gerät sei kaputt gewesen. So etwas passiere sonst eins zu hundert. Also neunundneunzig Geräte wären okay. Vollautomatik. „Eben isi!“

So ein Glück, dachte er.

„So ein Glück“, sagte sie. Beide lachten drauflos. Ihr feines Gesicht war wie Zedernholz und ihr Akzent ein Lautenschlag. Persien erschien ihm als das schönste Land auf der Welt.

„Eigentlich arbeite ich im Labor!“

„Bin beeindruckt.“

„Als Wissenschaftlerin. Ernährungsstandards und so. Nur heute war kein Techniker frei, und Sharokh und Elsa haben doch Amins Geburtstag. Also ... war Not an der Frau!“

„Fertig!“, meinte sie zur Rezeption gewandt, dann wieder zu ihm. „Es freut mich, ...?“

„Gustl.“

„Guschtl.“

Isi lachte schon wieder. Sie würde auch noch zwei Stunden später lachen.

Zum Abschied gab sie ihm drei Küsschen. Auf die Wange.

„Alle lieben Isi.“ Der Hasardi grinste herüber. Was sollte er antworten? Der Duft aus Tausendundeiner Nacht hing noch in der Tür. Isi Ghorbani war durch sie hinausgeschwebt.

„Persische Frauen, hmm ...“ Der Hasardi schnippte mit den Fingern und blickte verklärt.

Der Brandner musste lachen. Es stand ihm wohl ins Gesicht geschrieben, dass sie ihm gefiel. Er könne da vielleicht etwas machen. Die Isi. Bitte schön. Ein Perser als Heiratsvermittler. Doch der Brandner griff sich das angebotene Stamperl und nickte. So war Moosbergs Ende leichter zu ertragen.

„Herrlicher Schnaps!“ Der Brandner setzte das leere Glas ab. „Persisch?“

„Johnny Walker“, lachte Hasardi und holte die Flasche unter der Budel hervor. Da hatte ihn der freundliche Mann mit Al Pacinos Gesicht schon gepackt und er küsste ihn. Links, rechts, links. Dreimal. Persische Tradition.

„Die Isi checke ich dir, Gustl. Bitte sehr!“

14. August

In dieser Mischung aus Johnny Walker und persischen Jungfrauen hatte der Inspektor eine aufregende Nacht. Er war allein, in strenger Gefangenschaft. Umringt von einer Heerschar dunkler Gestalten. Erst nach blutigem Kampf befreit, ritt er in schweißtreibendem Tempo der Karawane voran. Mit Heldenmut hatte er die Prinzessin gerettet. Es war sein Sieg gegen den Sisi-Raub. Seine persönliche Heldentat.

Punkt neun Uhr saß er frisch geduscht und rasiert im Frühstücksraum. Statt Herrn Hasardi saß ein junger Mann am Schalter. Die Party des vergangenen Abends kam ihm in den Sinn. Alles war nun wie ein unwirklicher Traum. Die schöne Perserin kontrollierte wohl wieder ihre Standards in ihrer Fabrik. Er stellte sich seine Isi in ihrem weißen Labormantel vor und drückte an der Kaffeemaschine den Schlagobersknopf. Da kam ein Anruf aus Gmunden.

„Chef?"

„Guten Morgen, Milli."

„Neue Handydaten der Mayrhoferin. Der Kollege hat ihre Telefonate am Diebstahlstag geschickt."

„Schieß los!"

„Es gab nur wenige Anrufe am 4. August. Am Vormittag telefonierte sie mit Bad Ischl, Nummer des Gemeindeamts. Am Abend nach dem Diebstahl rief sie noch einen gewissen Spitz an. Erwin Spitz. Haubenkoch. Mit ihm telefonierte sie am Abend nochmals. Längeres Gespräch, sieben Minuten!"

„Und weiter?"

„Der Chinese Wu Ban. Oder Ban Wu. Wer merkt sich das schon."

Der Brandner hatte Wus gestrigen Auftritt im Auktioneum noch deutlich vor sich.

„Gleichfalls Gastronom. Nur isst man dort Fastfood. Herr Wu hat auch ein Lokal in Bad Ischl. Besser gesagt hat er sie in ganz Österreich. Auch diesen Wu hat die Mayrhoferin am 4. August abends kontaktiert und verpasst. Doch er rief sie zurück. Und dann telefonierten sie später noch einmal kurz."

„Was ist mit Moosberg? Hat er mit ihr telefoniert?"

„Leider nicht, Chef."

„Also war Wu an diesem Tag Mayrhofers letzter Kontakt?"

„Laut Liste gab es noch einen Anruf."

Der Brandner konnte seine Sekretärin mit dem Papier rascheln hören.

„Anruf bei Tony Capelli. Wie Kapelle mit C. Tatsächlich ein Priester." Sie lachte herzhaft aus dem Telefon. „Ein Wiener Prominenter! Tritt mit seinen Wochenpredigten im Fernsehen auf. Sie hat ihn nach zehn angerufen. Auch das war ein längeres Gespräch. Capelli führt ein Büro in der Innenstadt. Stephansplatz 10. Dort hat er auch seine Wohnung. Das war's. Vorerst."

„Dein Freund muss sich beeilen, Milli." In Brandners Geist hackte sich ein langhaariger Nerd umgeben von tausenden Kabeln in dutzend Mobiltelefone ein. An einem weiteren schmucklosen Schreibtisch. In einem abhörsicheren Raum.

„Weiß schon, Chef."

„Trotzdem danke."

„Geht die Großfahndung nach Moosberg heute endlich raus?"

Der Brandner griff sich an den Kopf. Er hatte tatsächlich darauf vergessen. Seine Stimme wurde ganz leise. „Die Fahndung sparen wir uns, Milli. Es gab ... einen Unfall. Wahrscheinlich noch ein Mord. Der Moosberg ist ... tot."

***

Der Brandner sah das Trio Spitz, Capelli und Wu vor sich. Alle waren auf der Auktion gewesen. Als Sammler offensichtlich Konkurrenten, hatten sie einander doch zugenickt. Wie kam aber nun der Moosberg ins Spiel?

Der Brandner würde sich die Herren vornehmen. Einen nach dem anderen. Mit Ausnahme vom Capelli fanden sich die Namen im Kalender des Grafen. Nach Millis Information hatte jedoch zumindest die ermordete Mayrhoferin telefonischen Kontakt mit dem prominenten Pfarrer gehabt. Bislang kannte er den umtriebigen Gottesmann nur aus der Wochenpredigt in Rosis Sonntagsfernsehen. Der Brandner verspürte große Lust, den Monsignore kennenzulernen. Die Milli hatte bereits alles Nötige recherchiert.

Stephansplatz 10 gehörte zu einem der feinsten historischen Häuser am Platz. Ein diskreter Hinweis neben dem Lift lotste ihn bis in den obersten Stock. *Monsignore T. Capelli – P. R. – Vatikanisches Referat* verriet die Marmortafel neben der Türe am Ende des Ganges. Doch davor standen zwei Männer in Maßanzügen. Gebräunte Haut, Sonnenbrille, Silberkreuzstecker im Nadelstreif. Brandners Nase juckte. Seit seinen Anfängen bei der Polizei hatte er sich wie alle auf der Wache Vorstellungen von einer oft vermuteten Kirchenmafia gemacht. Die zwei Sizilianer verströmten nun den düsteren Hauch des Vatikans. Einer der beiden nahm von ihm Notiz.

„Was braucht er?"

„Pfarrer Capelli ... bitte", fügte er noch hinzu.

„Der Monsignore ist im Gebet."

„Paulus Kirchbichler hat mich empfohlen", log er halb und hoffte auf die entsprechende Wirkung. Der erste Wächter sah zu dem anderen hin. Nach einem Nicken verschwand er hinter der Tür. Während seines Wartens stellte sich der Brandner vor, welcher Würdenträger sich hinter der schwarzen Sicherheitstüre verbergen mochte. Vermutlich war die Aufgabenverteilung eines Vatikanischen Referenten in der hiesigen Amtskirche offiziell nicht geregelt. Tony Capelli genoss wohl so etwas wie diplomatische Immunität.

Nach zwei Minuten baute sich der Mann im dunklen Zweireiher wieder vor ihm auf und winkte ihm nachzufolgen. Dabei murmelte er dem anderen etwas wie „der Ikonenmaler" zu.

Monsignore Tony Capelli hielt es nicht für nötig aufzustehen. Er thronte in einem Chesterfieldsofa unter einer Sechzigerjahreleuchte. Darüber eine Wolke Zigarrenrauch. Davor ein Glas Rotwein auf dem Tisch.

„Ein herzliches Grüß Gott."

„Meine Verehrung, Hochwürden."

Der Brandner verstand das Lächeln seines Gegenübers. Er nahm Platz.

„Der Herr Kirchbichler hat für dich gesprochen, hört man."

„Ein alter Freund meines Vaters."

„Was kann ich dir Gutes tun, mein Sohn?"

„Es geht um eine Seele, Hochwürden."

„Seele ..."

„Gestern stürzte ein Mann von Ihrem Turm."

„Mein Gott! So furchtbar. Er ist vom Himmel gefallen."

Der Brandner war sich nicht sicher, ob Capelli die letzten Worte bewusst gewählt hatte. Jedenfalls verriet

sein ständiges Lächeln wenig Betroffenheit über Moosbergs Tod. Nur das Grammophon im Hintergrund spielte Mozarts Requiem.

„Herr von Moosberg. So hieß der Mann."

„Moosberg, soso."

„Brutal aus dem Leben gerissen."

„Gott liebt seine Schafe. Auch die gefallenen."

„Er scheint weniger gefallen als gestoßen worden zu sein."

„Sein Plätzchen ist nun an der Seite des Herrn."

„Es ist nur so ..."

„Mein Sohn?"

„Ich frage mich ... Was hat er da oben gemacht?"

„Auf dem Turm?"

„Ganz oben, Monsignore."

„Gott nahe sein, mein Sohn."

„Der Moosberg war nicht religiös."

„Nicht? ... Soso."

„Keine Spur."

„Der Unglaube, ein Drache mit sieben Köpfen. So sage ich in meiner Fernsehpredigt immer."

„Könnte dort am Turm nicht ein Treffpunkt gewesen sein?"

„Treffpunkt ..."

„Um etwas zu besprechen, etwas ... Verschwiegenes."

„Verschwiegen ..."

Der Brandner hätte gerne gewusst, wie lange der Padre mit ihm noch Katz und Maus spielen wollte.

„Er ist neu bei uns? Bruder Brandner?", schwenkte Capelli um.

„Eigentlich nicht. Aufgewachsen in Hietzing."

„Hietzing, soso."

„Später nach Gmunden gezogen."

„Soso? Am Traunsee. So schön."

„Der Moosberg hat sich der Wahrheit verschrieben, Monsignore. Das kann unbequem sein."

„Was meinst du damit, mein Sohn?"

„Ich denke, er hat Ihnen wohl etwas überbringen wollen."

„Habe diesen Moosberg nie gesehen."

Der Brandner war sicher, dass Capelli log. „Leider haben wir noch eine Leiche, Hochwürden."

„Soso."

„Eine Frau. Vor vier Tagen in Gmunden. Monika Mayrhofer, Sie kannten sie?"

„Viele Schwestern suchen zu mir Kontakt." Capelli setzte ein öliges Lächeln auf.

„Worum ging es dann in Ihrem Gespräch mit Fräulein Monika?"

„Welches Gespräch?"

„Am 4. August kurz nach zehn Uhr. Ein längeres Telefonat."

„Gott als Zeuge. Der Name sagt mir nichts."

„Es ging wohl um die Statue."

„Welche Statue?"

Der Brandner musste einsehen, dass er in diesem Gespräch nicht weiterkam. Seine Nase juckte höllisch. Der unheilige Bruder war irgendwie in die Diebstahlsaffäre verstrickt. Doch nun wand er sich zu leicht aus allem heraus.

„Danke für Ihre Zeit, Monsignore."

„Bete für deinen Freund, Bruder Brandner!"

„Ich zünde ein Kerzlein an."

„Ums Seelenheil sorget euch, sagt der Herr."

„Nichts für ungut. Für diesen Besuch."

„Gott ist groß. Er verzeiht."

Der Brandner verneigte sich. Er war schon an der Türe.

„Brandner!“

Er drehte sich noch einmal um.

„Wien ist anders. Pass auf dich auf, mein Sohn.“

Tony Capelli lächelte nicht mehr. Seine letzten Worte sorgten beim Inspektor für ein flaues Gefühl im Bauch. Sie würden den Monsignore im Auge behalten.

***

Es war halb elf. Natürlich hatte der Brandner wieder einmal die Zeit übersehen. Glücklicherweise fand er das Landeskriminalamt Innere Stadt ganz in der Nähe. Meterhohe Eingangstore und elektronische Zugangsschranken machten unerwünschte Eintritte unmöglich. Vor allem aber die Austritte. Wie eine uneinnehmbare Festung sah das kamerabewehrte Polizeigebäude für den Brandner aus.

„Ah, unsere Provinzpolizei!“, tönte Kriminalleutnant Hofer leutselig, als er ihn in der Tür stehen sah.

„Salzkammergutpolizei“, korrigierte der Brandner schlecht gelaunt.

„Eben, eben. Komm rein“, meinte Hofer und wies auf einen hart aussehenden Holzsessel vor seinem Schreibtisch. Die spartanische Einrichtung wirkte abgewohnt, wie auf Brandners Revier. Auch die Hauptstadtpolizei wurde also kaputtgespart.

„Verdammter Zufall, was?“ Hofer lächelte. Freundlich und falsch.

„Zufall?“

„Dass der Graf bei uns a Bankl reißt!“

„Bitte wie?“

„Euer Moosberg hat sich heruntergestürzt. Die Frage ist, wieso hier bei uns?“

„Das heißt, Sie gehen von Selbstmord aus?“

„Ja, wohl eindeutig!“

„Hat das eure Spezialeinheit festgestellt?“

„Tztz ... so tun wir nicht, gell.“ Hofer hob tadelnd den Zeiger. „Die Fragen stellen wir!“

Da er dem Hofer keine Antwort gab, fuhr der mit seinem Verhör fort.

„Der Graf oben, du unten. Du, sein Bekannter. Ein bisschen viel Zufall, Herr ...“ Hofer studierte ein bedrucktes Papier. Dann wurde sein Tonfall barsch. „Herr Brandner! Was wollte der Mann hier in Wien. Ihr wart doch her hinter dem!“

„Vermutlich kam er als Tourist“, blieb er dabei und malte sich aus, wie er am besten an Hofers Ermittlungsergebnisse rund um den Turmsturz kam.

„Ihr Fremden“, Hofers Kopfschütteln verriet deutliche Missachtung, „ihr kommt leider immer wieder her. In die große Stadt. Kauft euch das Ticket für so einen Turm. Steigt hoch. Und dann ... Bumm!“

„Hm.“

„Der Moosberg war ein ... Aussteigertyp, nicht wahr?“

Der Brandner hob die Schultern. Sollte der Wiener doch selbst diesen Job hier tun, er tat den seinen. Bestimmt ließ er sich dabei nicht in die Karten schauen.

„Also Selbstmord“, entschied der Hofer, als er keine Antwort bekam. Mit Nachdruck verteidigte er seine Selbstmordtheorie.

„Vielleicht hat er den Turm besichtigt und dabei das Gleichgewicht verloren.“

„Schon einmal dort oben gewesen, Brandner? Alles gesichert.“

„Bleibt eben die Möglichkeit, dass ihn jemand hinuntergestoßen hat.“

„Ihr Landeier seht doch hinter jedem Toten gleich einen Mörder stehen.“

„Was ist überhaupt los bei euch? Ein Marmorkopf wird in Bad Ischl direkt unter eurer Nase aus dem Museum gefahren. Da lacht ja ganz Österreich!“

„Gib eam, Rudi!“, grinste sein Kollege in der Tür.

„Gruppeninspektor Horacek“, stellte der Hofer ihn vor.

Der Horacek setzte sich auf den Stuhl daneben. Sie wollten ihn also gemeinsam in die Mangel nehmen. War es Selbstmord gewesen, woran die Wiener zu glauben schienen? Oder doch Mord? Der Brandner war entschlossen es aufzuklären. Den großkopferten Wienern würde er vorerst nicht von dem Zusammenhang mit dem Gmundner Raubmord erzählen. Offenbar war der Fall Mayrhofer noch nicht ins Wiener Bewusstsein vorgedrungen. Doch er musste ein Vertrauensverhältnis zum Hofer herstellen.

„Ich bin nicht ganz zufällig da“, gab er also scheinbar klein bei. „Leonhard von Moosberg war als abgängig gemeldet. Wenn ihr vielleicht einmal seine elektronische Akte einseht.“

„Aha! Endlich kommen wir weiter!“ Hofer triumphierte, dann schrie er ins Vorzimmer hinaus. „Mausi! Den Akt Moosberg! Leonhard! Da gibt’s schon eine Abgängigkeit!“

Nach diesem Hinweis auf den Vermisstenakt zeigte sich Hofer zugänglicher. Und nachdem der Brandner dem Leutnant versprach, ihn von Gmunden aus auf dem Laufenden zu halten, bat auch er Hofer um den Autopsiebericht. Noch nicht fertig, bekam er zur Antwort. Doch vielleicht gäbe es Kampfspuren, Hinweise auf Betäubungsmittel oder Ähnliches. Schließlich sei da noch die Gmundner Witwe, die auf Aufklärung dränge. Schrecklich genug, dass die Gräfin gestern telefonisch über das Ableben ihres Mannes informiert worden sei. Der Brandner ließ nicht locker.

BUSSI BUSSI
AUS IBIZA
ECHT SCHOAF DA!
BIST DEPPAT DEIN JOSCHI
"GESUCHT"

„Gib eam, Rudi!“, meinte der Horacek. Diesmal grinste er nicht mehr.

„In Ordnung, Brandner! Ich lass dir den Bericht zugehen.“

Das als Zeichen seiner Entlassung wertend, erhob sich der Brandner rasch und beeilte sich, aus dem Amt zu kommen. Den Rest des Tages verschlief er. Als ihn das Zimmermädchen weckte, war es Zeit für den Nachmittagszug.

***

„Jessas, der Chef!“

„Na endlich“, seufzte die Milli. Der Brandner stand in der Tür. Er fand seinen Schreibtisch mit Essen überhäuft. Dahinter saß verlegen der Birngruber.

„Arbeit über Arbeit, Chef! Du machst dir ja keine Vorstellung!“

„Interessant“, sagte er müde, da er den Birngruber nicht kränken wollte. Während der rasch das Feld zu räumen begann, nahm der Chefinspektor schon wieder in seinem Sessel Platz.

„Wir haben noch eine Vermisste. Die Frau vom Huberbauern. Außerdem war die Gräfin da, Chef. Völlig am Ende die Frau.“

„Die Wiener haben sie über den Tod ihres Mannes informiert.“

„Schreckliche Sache, Chef. Aber ich hab die Stellung gehalten. Und die Milli“, fügte er rasch hinzu, als er ihren Blick sah.

„Mayrhofers Handydaten! Die restlichen Tage!“ Sie schwenkte triumphierend ein Blatt Papier.

„Kunststück!“ In Birngrubers Gesicht war die Wut deutlich zu lesen. Klare Sache. Er konnte sich vorstellen, wie die Milli das geschafft hatte. Der neue Lover steckte dahinter! Weg mit dem Alten, her mit dem Neuen, so einfach ging das bei der. Die dachte wohl auch noch, er hätte das neue Make-up noch nicht bemerkt. Nur wegen dem Wiener hatte sich die Milli so angeschmiert.

„Mit etwas Charme geht eben alles", gab sie zurück.

„Flitscherl!"

„Was soll das wieder heißen?"

„Ausg'schamt, das heißt's!"

„Seppi, jetzt sag ich dir ..."

„Schluss, aus! Die Anrufe."

Dem Brandner reichte es. Sie warf dem Birngruber noch einen wütenden Blick zu und schob die Liste über den Tisch. Er fuhr mit dem Finger die Namen entlang. Bis zu Mayrhofers Todestag.

07:00:04–07:00:49 Leonhard von Moosberg, Dr., Gmunden

07:12:11–07:13:77 Handy, Wertkarte

07:44:02–07:44:26 Feinspitz Restaurant GmbH, Wien

Also doch! Um sieben Uhr früh hatte die Mayrhoferin mit dem Moosberg telefoniert! Der Graf und die Sisi-Diebin. Wie aus der Liste noch ersichtlich war, hatten die beiden bereits am 3. August telefonisch Kontakt gehabt. Doch welcher Art war diese Beziehung gewesen? Privat oder geschäftlich? Nur freundschaftlich oder vielleicht gar sexuell?

Kurz vor seinem Ableben hatte das Opfer noch ein weiteres Gespräch geführt. Zu einem nicht registrierten Wertkartenhandy. Als letztes Lebenszeichen fand er auf der Liste noch ein drittes Gespräch. Um dreiviertel acht in der Früh hatte die Mayrhoferin vierundzwanzig Sekunden lang telefoniert. Die Milli sah ihn bedeutungsvoll an.

„Wiener Nummer, Chef. Das Restaurant Feinspitz."

„Professor Spitz, der Rindfleischpapst!"

„Den kennst du?"

„Nicht persönlich. Er hat eine der beiden Zumbusch-Statuen ersteigert. Den Kronprinzen. Vierhundertdreißigtausend!"

„So einer zahlt jede Summe!"

„So ist es, Milli. Moosberg und Wu, Spitz und Capelli. Sie alle kommen als Auftraggeber des Diebstahls in Betracht. Oder als Hehler und Käufer. Sogar als Mörder."

„Ich denke, der Spitz hat die Sisi", schaltete sich der Birngruber wieder ein. Er fühlte sich zur Seite gedrängt. Als ob eine Sekretärin so einen Fall lösen könnte!

„Aber vermutlich hat er aus Wien mit der Mayrhoferin kurz vor ihrem Tod telefoniert. Da fällt er als Mörder weg."

„Ich denke, der Moosberg wollte dem Wu die Sisi vermitteln. Doch dann hat sich der Wu seinen Hehler einfach vom Hals geschafft."

„Gut kombiniert, Milli. Der Kalendereintrag des Grafen könnte dafür sprechen."

„Und das Wertkartenhandy?", ergänzte der Birngruber.

„Das Handy bleibt ein Problem", bestätigte die Milli. „Da braucht es richterliche Verfügungen. Wenn wir die Handyortung bewilligt bekommen."

„Bestimmt kennst du auch dafür jemanden", ätzte der Birngruber.

„So ist es. Ich brauche eben nur Zeit!"

„Hat sie ihr Handy auch für Nachrichten benutzt?", fragte der Brandner, der Millis Verbindungen einfach genial fand.

„Kein SMS. Aber sie hat sich Notizen gemacht. Meist waren es Einkaufszettel und Haushaltsvorhaben. Nur die letzte Notiz ist anders: *M. statt B.*"

„Was kann das heißen?"

„Hab ich mir schon überlegt, Chef. *M.* für Moosberg, *B.* für Big Wu?"

„Das *M.* würde passen, Milli. Vielleicht auch das *B.*, denn wer will schon Probleme mit der Chinesenmafia."

„Aber eines zeigt Mayrhofers Notiz ganz klar. Auch ihre Telefonate."

„Nämlich was?" Der Birngruber knurrte eifersüchtig.

„Das Luder hat alle gegeneinander ausgespielt."

Die Milli hatte wieder einmal ins Schwarze getroffen.

15. August

Wer übernahm die Gräfin? Diese Frage lastete am nächsten Morgen wie ein Schatten über dem Frühstückstisch. Das Wiener Kriminalamt hatte der Witwe bereits die Todesnachricht überbracht. Doch der Brandner sah es als Pflicht der Bezirkspolizei an, der Hinterbliebenen zu kondolieren. Von Frau zu Frau spreche es sich wohl leichter, meinte er mit einem fragenden Blick. Die Milli erklärte sich seufzend bereit. Sie ging in ihr Vorzimmer, um sich im Schloss anzumelden.

„Es war Mord, nicht wahr, Chef?"

„Sieht so aus, Seppi. Wobei die Wiener Kollegen noch vom Gegenteil ausgehen."

„Depperte Wiener! So ein Graf springt nicht! Der erschießt sich doch."

„Stimmt, Seppi. Der Ehrenkodex."

„Wir kaufen uns Moosbergs Mörder, Chef! Nicht wahr?"

Sie hoben ihre Kaffeetassen wie zum Schwur. Da kam die Milli wieder herein. Mit dem Telefon am Ohr.

„Linz", flüsterte sie mit abgedecktem Hörer und rollte mit den Augen in Richtung Telefon. Sie hatte also auch bei der Mordgruppe einen Vertrauensmann. Birngrubers Gesicht lief rot an. Verführerisch flüsterte sie in den Apparat. Sie hauchte noch ein Küsschen und legte auf.

„Der Bericht der Tatortgruppe."

„Ja, und?"

„Die Auswertung zeigt einen Haufen Fingerabdrücke im Hotelzimmer. Natürlich unzählige unregistriert."

„Und weiter?"

„Im Bad dominierten die Finger vom Krapfenberger."

„Nicht ungewöhnlich. Es sagt uns nur, dass er die Zimmer selbst saubermacht."

„Auf der Leiche gibt's nichts Verwertbares. Aber ..." Die Milli genoss es, alle Augen auf sich gerichtet zu sehen.

„Am Nachtkästchen Abdrücke vom Moosberg!"

Tatsächlich. Der Graf hatte die Mayrhoferin also irgendwann aufgesucht! Doch konnte das, was auf den ersten Blick wie eine finstere Verstrickung aussah, nicht einfach nur Zufall sein? Wenn der Graf Monika Mayrhofer nahegestanden war, so war das noch kein Verbrechen. Sein Telefonat mit ihr konnte auch rein privat gewesen sein. Dass er vor seiner Frau so ein Treffen verheimlichte, lag wiederum klar auf der Hand.

Vieles an diesem Fall ergab in Brandners Augen noch keinen Sinn.

„Muss bald nach Wien", entschied er.

„Geht klar, Chef! Ich halte die Stellung."

„Das beruhigt mich, Seppi. Und jetzt auf nach Ischl."

***

Der Forstinger und der Reingruber heizten sich auf. Schon Runde drei am Stammtisch. Diesmal zahlte der Spieswirt selbst. Der Tisch war voll. Schließlich kam es praktisch nie vor, dass einer vom Salzkammergut in die bundesweiten Nachrichten kam. Dass der Kleinsteindl heute im Fernsehabend zu sehen sei, hatte ihm der Kuk Max aus Bad Ischl gesteckt. In dessen Beisl wurde das Interview ja schließlich durchgeführt.

„Was hat der da bloß zu erzählen?"

„Im Vorabend!"

„Sogar bundesweit!"

Anscheinend hatten die jetzt Beziehungen nach ganz oben. So ein Bürgermeister einer Kulturhauptstadt, der war halt was!

„Wo ist der Brandner?"

„Ausgerechnet! Der verpasst noch alles."

„Wann ist der Kleinsteindl dran?"

Da kam der Brandner zur Türe herein. Er lüftete den Fahrradhelm und ließ sich auf die Sitzbank fallen. „Den Schweinsbraten mit Mehlnocken!"

„So sportlich, Gustl?"

„Hock dich her!"

„Schaust fertig aus."

„Der Braten dauert heute." Ohne weiteres stellte der Spieswirt schon eine Halbe hin.

„Das ist er!" Der Reingruber schob den Fernseher näher zum Stammtisch. Doch es war nur die Vorschau von *Ins Land eini gschaut*. Sie brachten noch einen traurigen Bericht über die Landesfinanzen. Dann folgte ein teurer Vergleich einer geplatzten Spekulation. Meisterstück einer Landeshauptstadt.

„Jetzt aber!"

Alle Augen am Stammtisch starrten auf den Schirm. Das Interview! Live.

„Grüß Gott, Herr Bürgermeister Kleinsteindl!"

„Pfiagott beinand!"

„Sie berichten uns heute exklusiv aus Ihrem schönen Bad Ischl! Von einem Verbrechen ..."

„So ist es. Ein Riesenskandal."

„Skandal ist das Stichwort. Was ist denn da geraubt worden?"

„Wir vermissen einen Marmorkopf. Ein Meisterwerk ersten Ranges des Caspar von Zumbusch. Die Kaiserin selbst saß ihm Modell."

„Himmelherrgott!"

„Genau. Das habe ich auch gesagt. Doch er hilft uns nicht!“

„Wer könnte dahinterstecken? Die Polizei gibt uns ja leider kein Interview ...“

„Unsere Beamten fahren lieber nach Wien. Die glauben doch glatt, dass sie den Kopf dort finden werden. Anstatt dass sie sich um unsere Leut’ kümmern! Unsere Sisi für unsere Leut’!“

„Deshalb sprechen ja Sie selbst zu uns, dankeschön! Klären Sie uns auf.“

„Wir glauben an einen Auftragsraub.“

„Ein richtiger Kunstkrimi, Herr Bürgermeister.“

„Ich möchte heute hier appellieren: Wenn Sie unsere Sisi haben, bringen Sie sie wieder her! Verdammt! Gebt’s uns unsere Sisi zurück!“

„Ich dachte, die Sisi stände im Eigentum des Erzherzogs.“

„Nun ja ... gewissermaßen. Doch die Sisi ist eben für uns Ischler ein Heiligtum.“

„Gibt es schon eine Spur?“

„Jawoll ... Gewisse Indizien weisen nach Gmunden!“

„Nach Gmunden?“

„Es gab einen Mord dort. Die Umstände weisen direkte Zusammenhänge mit dem Diebstahl auf.“

„Das sind ja Neuigkeiten!“

„So ist es, die Gmundner haben unsere Sisi geklaut!“

„Ist das nicht etwas ... gewagt?“

„Jetzt passen Sie auf! Die Gmundner haben doch nie einen Kaiser gehabt! Und jetzt keine Kulturhauptstadt! Jetzt wollen s’ halt unseren Kopf.“

„Aber Herr Bürgermeister ...“

„Unseren Sisi-Kopf wollen s’!“

„Herr Kleinsteindl ...“

„Die Gmundner ... die depperten!“

„Danke! Zurück ins Studio! Das war's aus Bad ...“

Der Reporter drängte den Kleinsteindl aus dem Bild. Die Sendung brach ab.

***

„Kleinsteindl, du Sauhund!“

„Ja spinnt denn der?“

„Wir deppert? Die Ischler Trotteln!“

Der Stammtisch tobte. Man rief zur Selbstjustiz. Wieder einmal versuchte ein Ischler die Gmundner in den Dreck zu ziehen! Der Forstinger erhob die Forderung, sofort nach Ischl zu fahren. Den Kleinsteindl herauszuläuten. Ihn fertigzumachen. Der Reingruber wusste auch schon genau, welches Auge dem Ischler blau zu hauen war.

„Diesmal gehen sie zu weit!“

„Geh Brandner, tu was!“

„Wir müssen uns reinwaschen!“

Alle Fäuste streckten sich gegen den Himmel. Einzig der Spies rief zur Bedachtsamkeit.

„Wenigstens sucht jetzt das ganze Land nach dem Kopf.“

„Na und?“

„Ihr nehmt doch den Kleinsteindl nicht ernst!“, versuchte es auch der Brandner. „Ich kann doch nicht einfach nach Ischl fahren und den Kleinsteindl arretieren!“

„Wozu bist du Bezirkspolizist? Sag, hast du kein Ehrgefühl?“

„Genau, Brandner. Kauf dir den Kerl!“

„Sonst sitzt du besser da drüben am Altweiberstammtisch!“

Der Brandner ballte die Fäuste. Er nahm den Witz für voll. Doch auch er war wütend auf den Kleinsteindl.

Weil der ihn nicht vorher informiert hatte. Erst ließ sich der Bürgermeister immer verleugnen, dann gab er so einen Fernsehauftritt! Der Kleinsteindl hatte Ermittlungserkenntnisse verraten. Der Vorteil verdeckter Ermittlung in Wien war nun dahin.

Nach fast einer Stunde kehrte allmählich bessere Laune an den Stammtisch zurück. Trotz des Bratens fand der Brandner keinen rechten Spaß mehr am Tisch und empfahl sich.

Als er das Rad an seiner Hausmauer abstellte und in das Vestibül trat, stellte er fest, dass alle Kurgäste schon in ihren Betten lagen. Genauso froh war er, dass auch die Rosi schon schlafen gegangen war. Der Frühstücksraum bog sich vor Müsligläsern, Orangensaftpaketen und Dauerwurst. Hochsaison in der Pension Rosi! Mit neuerlicher Unlust stapfte er nach oben. Morgen musste er früh hinaus. Zu den Großkopferten. Wieder nach Wien.

16. August

Ein Wort vom Brandner und schon soll er springen. Der Birngruber muss her! Weil es für den Chef offenbar doch nicht so super läuft. Drei Verdächtige. Der kochende Professor, der fernsehgeile Pfarrer und der Chinamann wären zu observieren. So weit, so kurz, hatte der Chef ihn am Telefon aufgeklärt. Da war der schon im Zug gewesen. Natürlich brauchte ihn der Chef da unten in Wien.

Nun saß also auch er in der Bahn. Gegen Osten. Eine Stunde ging das nun schon so. Immer noch war keine Hauptstadt zu sehen. Keine schöne Aussicht! Keine Berge, noch nicht einmal Hügel, und natürlich kein See. Das bisschen Grün nannte die freundliche füllige Frau neben ihm Wienerwald. Er zwängte sich zwischen dem Fenster und der Dicken in den zu kleinen Sitz. Natürlich hatte der Brandner nur zweite Klasse bewilligt. Mehr zahle der Staat nicht. Nicht für die Bezirkspolizei. Am schlimmsten: Nun musste er auch noch die Mahlzeit aufschieben. Es gab nur Sandwiches und so. Kein Wirt in der Bim! Wieder einmal hatte ihn der Chef in rechte Unannehmlichkeiten gelockt. Wäre er nicht so gutmütig, so hätte er dem schon längst einmal die Meinung gesagt. Nur muss ja einer der Gescheitere sein.

Es war Mittag geworden, der Birngruber stieg aus. Er erinnerte sich an die Frau Rosi. Sie war extra auf den Posten gekommen, um ihm den richtigen Weg zum Hotel zu erklären. Fast so als würde die ihm das Zimmer verkaufen wollen! Vom Bahnhof ein Katzensprung, hatte sie geschwärmt. Mariahilfer Straße. Er stand vor dem Haus. Schrecklich modern. Das Hotel hatte die Rezeption im zweiten Stock.

„Griaß Gott! Ich will zu ...“

„Herr Inspektor!“, strahlte der Portier. Er sah wie ein bekannter Schauspieler aus. „Herr Inspektor Josef Birngruber!“

„Revierinspektor. Sie ... wissen?“

„Leicht zu erkennen. Herr Inspektor Brandner hat gemeint ...“ Hasardi zeichnete vor ihm Rundungen in die Luft.

„Aha.“

„Ich bin Hasardi. Herr Inspektor Brandner ... schon weg.“

„Klare Sache. Aber ... wo Essen?“ Der Birngruber machte seinerseits eindeutige Bewegungen vor dem Mund. Fremden Kulturen muss man sich anpassen. Das hatte ihm die Milli vor der Abfahrt noch eingeschärft. Wenn nötig mit Händen und Füßen. Oder mit Englisch. Aber damit hatte er so sein Problem.

„Ihr Zimmer ... gleich beim Frühstücksraum ... Wunsch von Herrn Brandner.“ Auch Hasardi sprach weiter mit Hand und Fuß. Als guter Hotelier passte er sich den Gepflogenheiten der Gäste an. Vermutlich war diese Art der Rede in Oberösterreich Tradition. „Schlüssel ... Nummer dreizehn ... bitte schön!“

Beide verbeugten sich stumm. Die Milli hatte recht gehabt. Zufrieden ging der Birngruber auf sein Zimmer und sank auf das Bett. Immerhin ein eigener Fernseher! Nun war erst einmal ein Nickerchen angesagt.

***

Am Nachmittag suchte Inspektor Brandner noch einmal Paulus Kirchbichler auf. Es war an der Zeit, seine Skulptur abzuholen. Und den neuen Spuren zu folgen. Spuren zu den Hintermännern des Sisi-Diebstahls. Zu jenen, die Moosbergs Turmsturz inszeniert hatten. Denn dass es sich hierbei um Mord handelte, daran zweifelte er nicht. Er wählte einen himmelblauen Sommeranzug mit weißem Leinenhemd, rotbraune Lederschuhe und ein gleichfarbiges Einstecktuch.

Der Restaurator begrüßte ihn mit leuchtenden Augen. Sichtlich stolz hielt er ihm die Figurengruppe entgegen.

„Leicht war es nicht. Abplatzungen an drei Stellen. Elfenbein ist schwer zu restaurieren. Seit der Steinzeit hat man daraus Kunstwerke geschnitzt. Sprach ihm religiöse Bedeutung zu. Heute ist es aus der Mode. Wegen der Tierschützer!“

An Kirchbichlers Miene war deutlich zu sehen, was er von diesen Banausen hielt.

Der Brandner begutachtete seine Skulptur.

„Wunderbar!“

„Nichts zu sehen, nicht wahr?“

„Sie Meister. Hätte ich meinen Zumbusch hier, ich würde ihn Ihnen anvertrauen.“

„Sie haben einen Zumbusch?“

„Nur den Kaiser.“

„Den Franz Joseph selbst!“

Sie waren alleine im Atelier. Doch der Kirchbichler beugte sich konspirativ an Brandners Ohr.

„Unter uns gesprochen. Die Szene ist nervös. Seit dem Diebstahl.“

„Die Sisi aus Ischl, ich habe es gehört“, flüsterte er zurück. Ebenso konspirativ. Es lief wie am Schnürchen.

„Die Sammler spielen verrückt. Heute hat sogar ... Tony Capelli nach der Statue gefragt.

„Nicht möglich! Der Fernsehpfarrer?“

„Er sammelt alles aus dem Kaiserhaus. Vor allem Zumbuschs Figuren. Zehn Minuten später ruft noch einer an."

„Kaum zu glauben!"

„Professor Spitz. Drei Hauben!"

„Ein kochender Professor?"

„Großer Zumbusch-Sammler. Auch er hat nach der Sisi gefragt. Alle wollen kaufen. Die fragen nicht nach der Provenienz."

Das Lächeln des Restaurators wirkte nun nicht mehr schön. Eher schmutzig. Spitz und Capelli rückten wohl etwas aus dem Kreis der Sisi-Diebe. Sonst hätten sie kaum beim Kirchbichler unter der Hand nach dem Kopf gefragt. Aber sie konnten Auftraggeber des Diebstahls gewesen sein. Vielleicht hatte sich die Mayrhoferin geweigert, die Beute herauszugeben, nun jagten sie ihr hinterher.

Big Wu blieb aber als Verdächtiger bestehen. Vermutlich war die Sisi bei ihm gelandet. Doch um an einen Mann vom Schlage Wus heranzukommen, musste der Brandner freilich mit schwerem Geschütz auffahren. Es brauchte einen Köder! Das konnte nur ein weiterer Zumbusch sein. Vielmehr ein Foto davon. Er zog das Bild vom Sisi-Kopf des Erzherzogs aus der Ledertasche und beugte sich an Kirchbichlers Ohr.

„Was Sie hier sehen, ist das Original. Die wahre Sisi."

„Zumbusch hat noch eine Sisi gemacht?"

Der Brandner nickte. Der Hehler hatte Blut geleckt. Ungläubig starrte er auf das Bild. Dann fixierte er den Brandner mit wachem Blick.

„Die kann ich sofort verkaufen! Wie viel?"

„Sie wünschen, wir liefern." Auch der Brandner grinste unschön.

***

Hotelier Hasardi hielt sich vorsichtig vornübergebeugt. Äußerst vorsichtig. Endlich hatte er den Herrn Inspektor so sanft wie möglich geweckt. Herr Inspektor Brandner habe den Herrn Inspektor zur Staatsoper bestellt. Haupteingang. Bitte schön. Taxi, Fahrtspesen, alles okay.

Ungehalten drehte sich der Birngruber auf die andere Seite. Doch ein wahrer Perser ließ nicht locker. Auftrag war Auftrag. Er brachte den Birngruber schon noch dazu.

Nach einer Stunde steckte der in Zivil und saß im Taxi. Er kam bis zum nächsten Burgerstand.

Endlich stand der Birngruber doch noch vor der Staatsoper. Am Haupteingang. Er fühlt sich noch etwas hungrig. Die Wiener Fleischlaberl waren viel kleiner als daheim an Börnis Börger-Stand. Genau gegenüber warb ein mexikanisches Steakrestaurant. Der Chef hatte schon mehrmals angerufen, er sei in ein paar Minuten vor Ort. Doch wie er den Brandner kannte, nahm sich der für ein richtiges Essen wieder einmal keine Zeit. Da kam er schon angestapft.

„Wo warst du so lange?"

„Wien ist ganz anders, Chef. Sauviel Verkehr!"

„Schon gut. Weißt du, was ich mich schon lange frage?"

„Was, Chef?"

„Wo ist der Trolley?"

„Der Trolley ist, wo der Kopf ist."

„Die Mayrhoferin hat damit im Brunnenhotel eingecheckt. Auch am Tag des Diebstahls hat sie ihn benützt und in das Hotel zurückgebracht."

„Das hat der Krapfenberger erzählt, Chef."

„Aber wenn der Trolley nach dem Mord nicht mehr zu finden war, wo ist er dann?"

„Der Mörder hat ihn genommen."

„Sehr gut. Warum sollte jemand die Mayrhoferin für etwas foltern, das er im Zimmer ohnehin bereits an sich gebracht hat?"

Der Birngruber sah ratlos zu Boden. Auch er wusste nicht weiter.

„Es gibt nur zwei Erklärungen."

„Sowieso. Nur die zwei."

„Entweder sie hatte den Trolley schon vor dem Mord aus dem Zimmer gebracht. Vielleicht um ihn zu verstecken. Vorbei an der Rezeption."

„Leicht möglich in Krapfenbergers Hotel."

„In dem Fall hätte man sie gefoltert, um das Versteck zu verraten. Oder aber ..."

„Oder, Chef?"

„Der Mörder folterte sie nicht wegen dem Kopf."

„Warum dann, Chef?"

„Dann hätten wir ein anderes Motiv, Seppi. Andere Täter vermutlich auch."

„Die Gräfin!"

„Das hast du von deinen Fernsehkrimis!"

„Sie ist dem Moosberg auf sein Verhältnis gekommen. Hat ihm einen Schubser vom Turm organisiert."

„Nicht alles ist Gattenmord, Seppi!"

„Reine Rache, Chef. Die Moosberg erbt ja auch noch!"

Konnte er recht haben? War die Mayrhoferin tatsächlich Moosbergs Gspusi gewesen, und hatte die Gräfin davon erfahren? In diesem Fall verfügte sie über zwei klare Motive. Er musste es dem Birngruber zugeben. Doch Eleonoras Trauer war echt gewesen. Unmöglich, dass sie in Moosbergs Ermordung verwickelt war.

„Genug! Wir halten uns an den Wu!"

„Klare Sache, Chef. Auf zum Chinesen!"

Es war deutlich zu sehen, wie dem Birngruber das Wasser aus dem schmatzenden Mund lief.

„Das hast du verschlafen, Seppi! Das Happy Cat liegt um die Ecke. Ich komme eben von dort."

„Was sagt der Wu?"

„Er war schon weg."

„Der kommt wieder. Wir sollten ihn abpassen."

„So oder so. Wahrscheinlich wurde die Sisi nie aus dem Salzkammergut herausgebracht."

„Und der Professor? Den müssen wir checken!"

„Stimmt. Der Spitz hat Interesse an der Sisi. Er hat beim Restaurator nach der heißen Ware gefragt."

„Auf ins Feinspitz!"

„Auch der Professor sucht die Ware, also hatte der beim Diebstahl wohl kaum die Finger im Spiel."

„Kruzifix!"

„Allerdings. Auch der Capelli hat sich beim Kirchbichler gemeldet."

„Der TV-Pfarrer?"

„Wollte wissen, ob es die Ischler Sisi schon zu kaufen gibt."

„Na und?"

„Also hat der Capelli sie auch nicht."

„Eben, Chef! Der Wu war's. Auf ins Happy Cat!"

„Sie sagen, Big Wu sei zurück nach Ischl gefahren. Auf zur U-Bahn, Seppi!"

„Wohin?"

„Nachhause. Hier ist alles erledigt."

„Aber Chef ..."

„Schluss, aus. Wir fahren heim!"

Der Brandner! Nun hatte der ihn nach Wien gelockt. Sondereinsatz, undercover und so. Und jetzt das. Der Birngruber blieb wie angewurzelt auf dem Gehsteig stehen. Auch der Brandner verharrte. Sie blickten durch das Schaufenster. Kein Zweifel.

„Jessas, Chef!"

„Der Leberkaspepi!“

„Mit Wiener Filiale!“

Und so kam es, dass die hungrige Bezirkspolizei Salzkammergut in der Welthauptstadt des Schnitzels noch ordentlichen Leberkäse aus Oberösterreich vorgesetzt bekam. Alles gut. Auch für den Birngruber.

***

Auf dem Heimweg. Im Zug. Sie versuchten Mister Wu zu erreichen. Der Brandner schwor sich, den Chinesen nun mit allem zu konfrontieren. Den dubiosen Verbindungen. Den Gesprächen mit Monika Mayrhofer. Dessen Kontakt zum Moosberg. Er musste Big Wu gegenüberstehen. Mann gegen Mann. Doch bei seiner Anfrage für einen Gesprächstermin beschied man ihm nur, Big Wu weile auf Geschäftsreise. Alles sprach dafür, dass der sich verleugnen ließ. Nun rief der Birngruber im Happy Cat an. Er schwärmte von baldiger Heirat und einem Hochzeitsessen im Happy Cat. Allerdings nur, wenn Mister Wu im Restaurant persönlich mit ihm alles durchgehe. Kurz darauf vermeldete man dem Bräutigam einen Termin mit Wu für den nächsten Nachmittag. Wu war ihr Mann.

„Den quetsch ich, den Chinamann!“ Der Seppi drehte seine Schinkensemmel durch die Mangel, um zu zeigen, wie er dem Wu kommen würde.

***

Wieder in Gmunden. Auf dem Posten begegneten sie der Milli. In ihren Dessous. Sie hatte wohl eben die neueste Bestellung probiert. Der Inspektor wandte sich diskret zur Seite, sie flüchtete schreiend aus dem Raum. Doch der Birngruber stellte ihr nach, um sie zur Rede zu stellen. Er wusste, für wen sich die niederträchtige Milli den Fummel bestellt hatte. Für diese Erkenntnis müsse man kein Revierinspektor sein. Während der Brandner inständig hoffte, dass sich bis zum nächsten Morgen alle beruhigt haben würden, stahl er sich rasch davon. Er schwang sich auf seinen Drahtesel und fuhr im Mondschein nach Hause. Die Rosi schien tatsächlich alt zu werden. Obwohl in der Küche noch das Licht brannte, gelang es ihm, unbemerkt auf sein Zimmer zu gehen.

17. August

Gustl Brandner war mit sich zufrieden. Das seltene Kunststück war ihm gleich noch einmal geglückt. In aller Früh hatte er sich unbemerkt aus dem Staub gemacht. Vom Vestibül hatte er heimlich noch in das Speisezimmer geblickt. Die Rosi hatte einer japanischen Reisegruppe ihr Diätfrühstück aufgetischt. Nachdem er die Türe leise geschlossen hatte, schwang er sich auf sein Rad und beglückwünschte sich zu dem sonnigen Tag. Alles gut. Auch sein Nasenjucken bestätigte ihn. In den Fällen Mayrhofer und Moosberg würde heute Entscheidendes weitergehen.

Als auch der Brandner eine Stunde später mit seinem Frühstücksbrunch fertig war, die Milli räumte eben den Schreibtisch leer, stand der Birngruber mit betretener Miene in der Tür. Die Frau Rosi sei am Apparat. Er winkte energisch ab. Der Birngruber gab es so weiter. Der Chef sei viel zu beschäftigt. Das Folgende bekam der Brandner ohne Probleme über den Tisch hinweg mit. Da höre sich alles auf, schrie die Rosi. Der ginge ihr doch schon tagelang aus dem Weg. Auch sie habe schließlich Gefühle. Der Herr Revierinspektor möge dem viel beschäftigten Chefinspektor ausrichten, dass sie ihn zum Essen erwarte. Punkt zwei Uhr. Die Rosi versprach noch, Besonderes zu servieren. Sie legte auf.

Der Anruf blieb nicht ohne Wirkung. Die Rosi hatte es wieder geschafft. Voller schlechtem Gewissen blickte er hinaus auf den See. Hatte sie recht? War er zu wenig zuhause? Er musste doch seine Fälle zu Ende bringen. Seufzend nahm er die Akten zur Hand und spielte den Hergang des Sisi-Diebstahls noch einmal vom Beginn seit dem Anruf des Erzherzogs durch. Da klopfte die Milli und trat ins Chefzimmer.

„Die Huberbäuerin ist da."
„So? Und was will sie?"
„Sich zurückmelden."
„Zurück? War die denn weg?"
„Mein Gott. Ihr Mann war da, der alte Huber. Weil er die Frau nicht gefunden hat. Da hat der Seppi gleich eine Vermisstenmeldung gemacht."
„Na und?"
„War auf einer Rundreise. Toskana, sagt sie. Matratzenfahrt. Mit Produktvorführung! Der alte Depp hätt's vergessen. Meint sie. Also der Huber. Sie solle sich bei uns zurückmelden, hat ihr der Alte gesagt."
„Einfach zerreißen, den Akt, Milli. Wir haben wirklich andere Sorgen."
„Geht klar."
„Danke."
„Chef?"
„Was noch?"
„Noch eine neue Information. Fall Mayrhofer. Der anonyme Anrufer kurz vor dem Mord. Mein Analyst sagt, die Handyortung sei eindeutig."
„Und ohne ...?"
„Ganz ohne." Sie lächelte mit dem Finger vor ihren Lippen. Wer brauchte schon einen Gerichtsbeschluss.
„Er sagt, es wurde ganz aus der Nähe telefoniert."
„Aus der Nähe?"
„Traungasse 10. Näher geht's nicht, Chef."
Genau vor dem Brunnenhotel! Hatte der Täter selbst vor der Tat telefoniert? Hatte er sich noch von der Anwesenheit seines Opfers überzeugt? Brandners Nasenjucken wurde stärker. Ein untrügliches Zeichen dafür, dass sie dem Mörder nun endlich nähergekommen waren.

***

Schlag zwei Uhr. Er war pünktlich. Rosi Marek im Schürzenkleid. Sie hielt breitbeinig die Stellung in der Küchentür. Er hielt einen Strauß Tulpen. So standen sie. Er brach als Erster das Eis.

„Servus, Rosi."

„..."

„Die sind für dich."

„Du kümmerst dich gar nicht mehr um mich ... Danke."

„Es gibt viel zu tun."

„Aus dem Weg gehst du mir. Schleichst dich heim, wieder hinaus. Das ist neu für mich, Gustl."

„Weil du doch selbst keine Zeit hast. Schau, Rosi. Immer mehr Gäste ins Haus. Jetzt die Japaner ..."

„Ich bin da! Aber du lebst schon in deinem Büro. Nur nach Wien kann der Herr fahren ..."

„Es ging um den Moosberg. Rein dienstlich, das weißt du doch!"

„Genau deswegen. Wir arbeiten zusammen in dem Fall. War abgemacht."

„Na ja ..."

„Kam der Moosberg noch zur Auktion?"

„Hat keinen seiner Termine mehr geschafft."

„Hat er ...?" Die Rosi schlug das Kreuzzeichen, als sie zum Himmel sah.

„Du meinst, ob er leiden musste? Nein. Fiel runter und aus."

„Wenigstens das wird die Liesl beruhigen. Und Big Wu?"

„Was ist mit dem?"

„Ich hab's dir doch gesagt. Leg dich nicht mit den Großen an! Hast du?"

„..."

„Hast du?!"

„In die Wiener Filiale bin ich. Aber der Wu war nicht mehr da."

„Lass die Finger von dem. Der Wu hat Mordseinfluss. Auf alles, Gustl. Nicht nur bei uns da."

„Einfluss oder nicht, er ist verdächtig. Punkt eins. Wu hat vom Restaurant aus mit der Mayrhoferin telefoniert. Mehrmals! Punkt zwei. Jemand hat mit ihr noch Minuten vor dem Mord direkt vor dem Brunnenhotel telefoniert. Wenn wir das Wertkartenhandy bei ihm finden, ist der Wu fällig. Punkt drei. Er und der Moosberg standen in keinem guten Verhältnis. Sie hatten Krach. Ich bin sicher, es ging um den Preis für das Diebesgut."

„Du verrennst dich, Gustl. Ich sag dir, der Mister Wu ist ein kreuzbraver Mensch."

„Natürlich. Alle Großen sind anständig."

„Sogar die Ischler Orgel hat der Herr Pfarrer nur durch seine Spenden renoviert."

Das hatte ja nun bei Gott nichts mit der Sisi zu tun. Oder mit Wus Verhältnis zu der Diebin. Die Rosi kam ihm eben immer mit ihren Theorien daher. Statt dass sie sich bemühte, etwas Ordentliches auf den Tisch zu stellen. Das schien auch der Rosi selbst jetzt endlich zu dämmern. Sie lächelte.

„Jetzt setz dich her und iss einmal ..."

„Danke."

„Hat sich der Moosberg wirklich umgebracht?"

„Kann ich nicht sagen."

„Aber ich. Ein Graf und so ehrenloser Selbstmord? Niemals!"

„Die Wiener glauben's."

„Ah, Gustl. Du kennst doch die Brüder! Wiener haben halt keine Fantasie."

„Ich bin deiner Meinung, der Moosberg wurde hinuntergestoßen."

„Und der Täter?"

„Wir sind dran."

„Soso. Was erzähl ich der Liesl? Ein Leben lang ist die schon beim Grafen. Geradewegs aufgezogen hat sie den Moosberg! Das ist wie bei uns, Gustl."

„Weißt du was? Wir machen am Abend eine Besprechung. Aber jetzt noch Essen. Ich muss bald los."

„Hauptsach' anschaffen, gell?"

Doch die Rosi wandte sich zum Kühlschrank. Während er den Akt aus der Tasche zog, stellte sie ihm ein Tablett auf den Tisch. Eine bunt gefüllte Schüssel und eine Flasche Eggenberg Biobier.

„Rosi?"

„Hm."

„Was ist das?"

„Sommergartensalat. Dazu kaltes Curry mit Mango-Kräuter-Dip."

„Sowas ess ich nicht!"

„Jetzt probier's halt!"

„Du, ich bin echt hungrig!"

„Low Carb zum Abnehmen. Sonst findest du nie eine Freundin!"

Doch er hatte sich schon wieder in die Akten vertieft. Gestern Nacht war er darüber eingeschlafen, heute im Bett darauf aufgewacht. Er kam einfach nicht auf die Lösung. Der Hunger, dazu quälte ihn die Rosi. Es fiel ihm schwer, einen klaren Gedanken zu fassen. Sein Blick fiel noch einmal auf Mayrhofers Handynotizen: *M. statt B.*

„Jessasmaria!"

„Was ist los?"

„Ich weiß es …“

„Was denn? Herrgott!“

„Ich weiß jetzt …“, lächelte der Brandner und schob sich doch noch ihren Mango-Dip in den Mund, „wer dem Erzherzog die Sisi gestohlen hat.“

***

Während also der Chefinspektor beim Sommergartensalat und seinen Ermittlungen in die entscheidende Phase trat, gingen sich im Posten Schloss Orth Aspirantin Milli Marek und Postenkommandant-Stellvertreter Birngruber immer noch aus dem Weg. Bis auf ihrem Posten unerwarteter Besuch eintraf.

„Mein Gott, Annie!“

„Die lässt sich nicht abwimmeln. Ist einfach durchmarschiert!“ Keuchend und rot wie ihr Lippenstift reckte sich die Milli hinter Annie Kurz in der Tür.

Auch der Birngruber war von seinem Gast überrascht worden. Er schob die Reste der Nachmittagsjause vom Tisch in den Papierkorb. Leicht verlegen ordnete er sein Uniformhemd. „Schon gut, Milli.“

„Was gut? Wir sind die Polizei. Da kann nicht einfach so jeder reinkommen. Die will ja nicht einmal sagen, worum's geht!“

„Weil's halt privat ist“, giftete die Annie zurück.

„Milli, machst du uns zwei Kaffee?“

Die Türe knallte.

Sie waren unter sich. Weil die Annie weiter heftig schnaufte, öffnete der Birngruber das Seefenster und bot ihr den gepolsterten Sessel an. Er selbst griff zum Holzstuhl.

„Also sag, Annie! Dich treibt's ja sonst nie nach Gmunden.“

„Wieso? Ist doch schön da.“

Der Birngruber stutzte. Das hatte er nicht erwartet. Wie konnte er weiterfragen, ohne seiner Traumfrau zu sehr auf den Busch zu klopfen? Doch es bedurfte gar keiner weiteren Diskussion. Schon brach die Buchhändlerin vor ihm in Tränen aus.

„Aber Annie! So schlimm wird's doch net sein.“

„Ach, was weißt denn du!“

„Hm ...“

„Weil's doch versprochen war. Hochheilig!“

„Was versprochen?“

„Na dichtzuhalten! Über sie.“

„Geht's um die Mayrhoferin?“ Birngrubers Aufmerksamkeit hatte sich schlagartig erhöht.

„Grad um die geht's! Weil ich halt da war. Am 4. August. Nachdem ich das Buchgeschäft zugesperrt hab.“

„Soso.“

„Weil ich ihr nachgefahren bin. Grad wie die Ott sagt.“

„Wieso?“

„Na ein Gefallen halt. Der Bürgermeister hat mich doch ins Vertrauen gezogen. Man muss ja wissen, wie so eine wirklich ist, wenn die nach Ischl zieht!“

„Du hast also dem Kleinsteindl versprochen, der Mayrhoferin nachzufahren?“, hakte der Birngruber nach.

„Reine Erkundigung.“

„Und du hast dich gar nicht gefragt, wofür?“

„Das fragt man nicht, Seppi. Wenn's der Bürgermeister ist.“

„Ein seltsamer Auftrag, wo du ihr nachschleichen musst.“

„Er wollte eben Gewissheit haben, dass sie nicht mehr im ... Du weißt ja, es gibt so Geschichten über die Mayrhoferin.“

„Du musstest herausfinden, ob sie noch im Puff anschaffen geht?“

„Ging sie aber nicht.“

„Das alles hast du einfach so gemacht?“

„Ganz einfach so.“

„Milli!“

„Und für die Spesen.“

„Wie viele Spesen?“

„Mei Seppi ... Fünfhundert hat er gezahlt! Bar auf die Hand!“

„Fünfhundert Euro?“

„Ja eben. So ein Haufen ...“

„Blutgeld!“

„Jetzt mach aber einen Punkt! Ich hab nur geschaut, wo sie hinfährt.“

„Du warst also auch in der Salzkammergutbahn.“

„Ich bin hinten rein. Dann hab ich gesehen, wo sie ausgestiegen ist. Und bin ihr nachgegangen.“

„Für das Blutgeld!“

„Ach woher!“

„Wieso hast du mir das nicht erzählt?“

„Wenn's doch geheim bleiben soll, Seppi!“ Die Annie verdrehte die Augen. Inspektor hin oder her. Der war wirklich nicht allzu schnell von Begriff.

„Wieso geheim?“

„Mein Gott. Er ist der Bürgermeister! Das muss unter uns bleiben, hat er gesagt.“

„Na und jetzt?“

„Jetzt ist sie tot. Tote brauchen kein Geheimnis, Seppi.“

„Hm.“

„Außerdem ...“

„Was?“

„Ich hab's nicht mehr ausgehalten. Dass ich dich angelogen hab."

***

Gegen die Einbahn! Er kurbelte das Fenster hinunter und klemmte sich das Blaulicht auf das Dach. Der Kaiserbummel. Ganz Ischl war ein Tollhaus. Tausende Touristen strömten durch die Gassen. Inspektor Brandner nahm den kürzesten Weg. Für ihn herrschte nun Klarheit in diesem Fall. Doch er brauchte Beweise. Darum war er hier. Am Vortag zum Kaisergeburtstag, dem Ischler Feiertag.

Das Tor zur Pfarrgasse stand offen. Er ließ den Wagen gleich mitten in der Hofeinfahrt stehen. Im ersten Stock stieß er auf Widerstand. Die Helga stellte sich ihm laut protestierend in den Weg. Er schob sie beiseite. Dieses Mal benötigte er keine Anmeldung. Es war sein letzter Termin beim Bürgermeister. Auf sehr lange Zeit.

„Brandner!" Der Kleinsteindl sprang vom Stuhl. „Hast du Neuigkeiten? ... Die Sisi-Sache!" Er versuchte vergeblich, seine Überraschung zu verbergen.

Das könne man wohl behaupten, meinte der Brandner. Betont lässig sank er in den Sessel gegenüber dem riesigen geweihverzierten Holzschreibtisch. Dort verharrte der Bürgermeister, mit beiden Händen aufgestützt. Wobei jeder den anderen genau im Auge behielt. Schließlich sank auch der Kleinsteindl langsam wieder auf seinen Platz. Showdown. Alles erinnerte den Brandner an einen dieser Mitternachtswestern im Kabelfernsehen. Er holte Luft. Dann stellte er dem Kleinsteindl die entscheidende Frage. Dabei betonte er jedes einzelne Wort.

„Wie – hast – du's – gemacht?"

Vielleicht hätte der Bürgermeister noch überlegt. Vielleicht hätte er doch noch einen Weg gesucht, um aus dem Ganzen herauszukommen. Oder er hätte ganz einfach auf Zeit gespielt. Doch Brandners Entschlossenheit gebot ihm Einhalt. Auch der Kleinsteindl war bereit.

„Du weißt es, Brandner."

Er nickte. Hatte nicht er selbst den Kleinsteindl in die Ermittlungen eingeweiht? Immer wieder auf dem Laufenden gehalten? Hatte nicht er den ach so kaisertreuen Bürgermeister damit überhaupt erst in den Stand gesetzt, alles zu verschleiern? Um sich seinen Fernsehauftritt so denkwürdig zu inszenieren? Auf der großen Jagd nach dem Dieb?

Vermutlich war Hubert Kleinsteindl Monika Mayrhofer zum ersten Mal in der Herzerlbar begegnet. Er hatte sie angeworben. Den einfältigen Grinser hatte er dazu gebracht, sie im Kaisercafé einzustellen. Der hatte die reizende junge Monika ahnungslos eingestellt. Sie hatte den Diebstahl für Kleinsteindl ausgeführt. So oder so ähnlich hatte sich alles abgespielt. Davon war er überzeugt.

„Die Mayrhoferin ...", begann der Brandner also mit seinem Verhör.

„Ein falscher Schlampen!"

„Du hättest sie besser nicht angerufen. Von hier aus. Dreimal!"

„Mag sein." Der Kleinsteindl zeigte keine Reue. Ganz im Gegenteil. Er schob trotzig den Unterkiefer nach vorne. Ein Würdenträger im Machtrausch. Und doch ein ganz gewöhnlicher Dieb.

„Wieso der Sisi-Kopf?"

„Die Großmutter hat immer davon erzählt."

„Die Großmutter?"

„Natürlich. Sie war eine von denen."

„Von denen."

„Erzhaus, Brandner, verstehst du? Eine Erzherzogin!"

„Noble Herkunft, Kleinsteindl. Da gratulier ich!"

„Da gibt's nichts zu gratulieren. Kein Trauschein. Bankert bleibt Bankert. Auch wenn mein Blut vom Kaiser ist."

„Du behauptest also, du stammst vom Kaiserhaus?"

„Ja, glaubst du, Mary Vetsera war die Einzige? Er war mein Prinz."

„Dein?"

„Rudolf von Österreich. Mein Urgroßvater."

Sichtlich verärgert bekam Kleinsteindls Stimme einen gefährlichen Unterton. Der Inspektor weigerte sich, seinen Gedanken zu folgen.

In Wahrheit war der Brandner höchst überrascht. Stimmten die krausen Abstammungstheorien, so warfen sie ein neues Licht auf das Verbrechen.

„Dein Rudolf hilft dir jetzt auch nicht mehr."

„Was weißt du schon, Brandner! Ein Prolet."

„Zurück zum Sisi-Kopf."

Doch der Kleinsteindl war nicht mehr zu bremsen. „Angespuckt hat man die Großmama! Einfach nur weil sie da war! Großgezogen von herzlosen Pflegeeltern. Ein Kind vom Kronprinzen und doch nichts Rechtes!"

„Du hast ja brav recherchiert."

„Jeder hat es gewusst! Nur geschert hat sich niemand bei Hof. Nur sie."

„Sie?"

„Die Kaiserin, Trottel! Sisi kam oft zu Besuch. Brachte Spielzeug. Sie hat sich um die Kleine gekümmert. Wie um das eigene Kind."

„Weil sie es bei ihren verpfuscht hat."

„Als sie dann tot war, ermordet, war alles vorbei."

„Der Hof hat doch sicher weitergezahlt?“

„Keine Kaiserin, keine Liebe mehr, kein Geld.“

„Unmöglich. Franz Joseph hätte sich gesorgt um die Kleine!“ Im Brandner regte sich der Monarchist. Das ließ er so nicht auf dem guten alten Kaiser sitzen.

„Hör mir doch auf mit dem Kaiser! Sie wurde ins Kloster gesteckt.“

„Aber dann kam deine Mutter zur Welt.“

„Die Oma hat sich verliebt. Ein Priester. Im Ersten Krieg. Mama wurde zum Trümmerkind.“

„Und weiter?“

„Alles kaputt. Ein Land in Schutt und Asche. Die Kaiserlichen haben verzichtet. Jeder bekam ein Schloss, ein Stück Land ...“

„Lass mich raten. Nur ihr nicht!“

„Nichts! Die Oma lebte in ärmsten Verhältnissen. Wie die Mama nach ihr. Nur das Aussehen war ihnen geblieben! Wie aus dem Gesicht gerissen waren sie ihr. Meiner Sisi!“

Der Brandner war kein Psychologe, doch hier schien die Diagnose eindeutig. Die Sisi nahm Besitz von Kleinsteindls Geist.

***

Josef Birngruber hastete aus dem Büro. Er lief über die Brücke, durch die Schlossallee. So gut es ging. Er fasste sich an die Uniform. Kaum ein Bäuchlein. Ungesund war nur diese Hetzerei. „Nach Bad Ischl! So schnell wie möglich! Gefahr im Verzug!“, hatte der Chef aus dem Handy geschrien. Dann hatte er aufgelegt. Der saß selbst spaßig im Auto und fuhr mit Sirene. Für das Fußvolk blieb wieder einmal nur die Salzkammergutbahn.

Gerade noch rechtzeitig erreichte er die hinterste Türe der Tram. Wieder nichts los. Erste Reihe fußfrei. Erschöpft fiel der Birngruber in den Schalensitz und biss in seine Wurstsemmel. Hoffentlich zahlte sich der Stresseinsatz dieses Mal für ihn aus.

Im ersten Stock des Ischler Amtshauses hörte Chefinspektor Brandner weiter auf seinen Instinkt. Noch fehlte ihm ein Geständnis. Doch er war wild entschlossen, Kleinsteindl aus der Reserve zu locken, seine Redseligkeit auszunützen. Ihn aufs Schafott zu führen.

„Du hast den Kopf gestohlen, Kleinsteindl!"

„Ich hab mir geholt, was uns zusteht!"

„Alles nur für ein Stück Marmor, wertloser Bruch."

„Für die Oma, Brandner!"

„Aber dann hat die Monika ihr eigenes Süppchen gekocht, nicht wahr?"

„Sie wollte den Kopf ganz für sich. Eine halbe Million hole sie sich heraus, hat das Flitscherl gesagt."

„Sie hat dich verkauft, deine Monika!"

„Nutte bleibt Nutte."

„Als du gekommen bist, war der Kopf nicht mehr da, nicht wahr?"

„Hat ihn dem Moosberg gegeben!"

M. statt B., so lautete Mayrhofers Handynotiz. Der Moosberg statt dem Bürgermeister. Der Graf hätte also für den Weiterverkauf gesorgt. Doch der Kleinsteindl war gekommen, um sich die Sisi zu holen. Er hatte sie gefoltert, bis sie ihm den Verkäufer verraten hatte, und danach umgebracht.

„Der Schlampen. Ausgelacht hat die mich! Dann ging sie nicht mehr ans Telefon."

„Dabei hattest du alles perfekt geplant."

„Ich hab gewusst, wo die Nutte wohnt." Der Kleinsteindl nickte stolz.

„Da bist du im Zorn auf sie los!"

„Irrtum, Brandner. Wir haben uns friedlich geeinigt."

„Von wegen! Der Moosberg hatte die Sisi. Du musstest ihm also nachfahren nach Wien."

„Der feine Herr Graf! Ein feiger Dieb. Konnte den Hals nicht voll kriegen."

Der Brandner versuchte sich in Kleinsteindls Kopf hineinzudenken. Aus dessen Sicht mochte es Diebstahl gewesen sein. Doch natürlich hatte er selbst den Kopf schon vorher gestohlen. Wahrscheinlich hatte der Graf zu viel Geld für die Sisi verlangt.

„Warum oben am Kirchturm?"

„Dort oben höre uns keiner. Ein Trottel, der Graf!"

„Ein sicheres Versteck, nicht wahr?"

„Keiner fände den Kopf dort oben. Hat der Moosberg gemeint."

Der Graf hatte also den Kopf im Rucksack hinaufgeschleppt und oben zwischen den Kirchturmfiguren versteckt. Abgesehen vom Raub des Sisi-Kopfs wäre der Moosberg auch eine ständige Bedrohung für den Kleinsteindl gewesen. Hatte der Graf ihn für seine Taten erpresst?

„Ich sag's ja, ein Spinner, der Moosberg."

„Den du umgebracht hast!"

„Du kannst nichts beweisen, Brandner."

„Und später hast du dir dort oben in Ruhe die Sisi geholt."

„Nichts hab ich!"

„Bürgermeister Kleinsteindl. Ich verhafte dich wegen Diebstahls des Ischler Sisi-Kopfs. Und für die Morde an Monika Mayrhofer und Leonhard von Moosberg."

„Im Zweifel für den Angeklagten!"

„Zweifel? Den werden wir jetzt beseitigen."

Immer wieder war der Blick des Bürgermeisters abgeschweift und hatte sich auf dem Bauernkasten am Fenster verfangen. Der Brandner schätzte die Situation ab. Sein Gegenüber war älter, doch er machte einen trainierten Eindruck. Fast gleichzeitig stürzten sie auf den Kasten zu.

„Nimm das!“ Der Kleinsteindl versetzte ihm einen Haken. Für einen Moment war der Inspektor außer Gefecht gesetzt. Als er sich wieder aufrappelte, stand der Schrank offen, er war leer. Der Brandner stemmte sich am Fensterbrett hoch und blickte in den Hof. Der Kleinsteindl lief bereits zur Pfarrgasse hinaus.

Ganz Ischl war in Aufruhr. Noch nie hatte man hier Derartiges gesehen: Der Bürgermeister schleppte sich die Pfarrgasse entlang. Den Sisi-Kopf hielt er mit beiden Armen zur Brust gepresst. Brandner nahm die Verfolgung in der Pfarrgasse auf. Vor dem Buchladen lief er dem Birngruber in die Arme.

„Also, Chef! Wo brennt's?“, keuchte der. Sein Marsch vom Bahnhof hatte ihn vollends erschöpft.

„Der Kleinsteindl! Wohin?“

„Dort hinauf! Was ist denn los?“

„Er war's!“, keuchte der Brandner und nahm die ersten Stufen zur Kirche hin. Der Birngruber drückte der den Bücherwühlkorb ordnenden Annie vor ihrem Geschäft seine Wurstsemmel in die Hand. Dann nahm auch er die Verfolgung auf.

Am Kirchenvorplatz war alles für das große Kaisersingen bereit. Man rückte zusammen. Summte sich ein. Der Auftritt des Kirchenchors galt schließlich als Höhepunkt auf dem Kaiserfest. Da sprengte der Kleinsteindl durch die Menge. Alle Blicke folgten ihm, als er in die Kirche eindrang. Kurz darauf traf der Brandner ein. Dicht dahinter trabte der Birngruber.

„Im Nebeneingang!", schrie eine Stimme.

Die Einheimischen, die Gäste, die Kaisertreuen, alle steckten die Köpfe zusammen. Zeigten mit ihren Fingern zum Turm. Oben saß der Kleinsteindl.

Brandner lief es feucht über den Rücken. Der Kirchturm! Moosbergs langer Arm streckte sich aus. Nach seinem Mörder. Nach dem Kleinsteindl.

„Komm runter, Kleinsteindl!", schrie er hinauf. „Wir reden das aus!"

„Halb so schlimm!", probierte es der Zauner Sepp.

„Was wird aus der Stadt, Hubsi?", sorgte sich der Kuk Max.

„Schleichts eich!", kam es von oben.

„Sag's mir nur. Wie hast du ihn fertig gemacht?", schrie der Brandner zurück.

„Ein Unfall war's. Der Moosberg hat als Erster geschubst, ich zurück. Da ist er vom Turm gefallen."

Da war es, Kleinsteindls Geständnis. Er hatte bei Moosbergs Turmsturz nachgeholfen. Ein Aufschrei!

„Noch einer!"

„Jessas, der Herr Pfarrer!"

„Er hat den Pfarrer als Geisel!"

„Das überlebt der nicht!"

Alles blickte zum Glockenfenster. Seite an Seite ragten die Köpfe vom Bürgermeister und vom Pfarrer aus dem Turm. Auch die Helga war völlig fertig. Stadträte und Kaufleute, sogar das kostümierte Kaiserpaar redeten auf Kleinsteindls verzweifelte Sekretärin ein.

„Mir ist alles wurscht!", kam es von oben. „Ich bin's! Ich bleib's! Der Kaiser!"

„Steh net 'rum. Tu irgendwas!", schrie die Helga hysterisch.

Und dann ... tat der Kleinsteindl etwas.

Epilog

„Chef?“

„Ja, Seppi?“

„Er hätte es uns ruhig sagen können.“

„Wer?“

„Na, der Wu.“

„Dieser Wu. Er hatte so seine Geheimnisse.“

„Seine Anrufe. Dass er das Fräulein Moni unterstützen wollte. Ihr Geld geben. Für den Weg zurück auf die rechte Bahn.“

„Hätten wir ihm geglaubt?“

„Vielleicht nicht gleich. Aber wie der jetzt so an Monis Grab gestanden ist. Mit der Heulerei. Schrecklich!“

„So ist das, wenn man liebt, Seppi.“

„Aber warum gab es Streit mit dem Moosberg?“

„Wu wollte einfach erreichen, dass er die Statue zurückgab. Doch da war die Monika ja bereits tot.“

„Klare Sache, Chef. Aber der Spitz?“

„Der hat mit der Monika in anderen Dingen telefoniert.“

„Welche Dinge, Chef?“

„Liebesdinge, Seppi.“

„Und der Capelli?“

„Der wohl auch. Vielleicht hatten beide eine Affäre mit ihr.“

„Aber der Wu...“

„Seppi.“

„Ja, Chef?“

„Gib Ruh.“

Eigentlich war alles gut. Die Zeitungen lobten die Salzkammergutpolizei. Chefinspektor Brandner und Revierinspektor Birngruber. Nur ihre Detektivarbeit hatte zur Wiederbeschaffung des berühmten Sisi-Kopfes geführt. Sogar die Frau Oberst war eigens aus Linz angereist. Hatte gratuliert. Hatte sich entschuldigt. Sie habe sie unterschätzt, so die Karl ganz zerknirscht. Der Brandner hatte nur milde gelächelt. Die Frau Oberst würde es wohl nie lernen, wie die Menschen hier dachten. Es galten eigene Gesetze im Salzkammergut. Er hatte vor der Chefin Birngrubers Recherchen über den grünen Klee gelobt. Hatte ihr von seiner Undercoverarbeit erzählt. Von dem entscheidenden Hinweis. Einer anonymen Zeugin. Als der Kleinsteindl das Fräulein Annie gebeten hatte, der Mayrhoferin nachzusteigen, hatte der ja schon geahnt, dass diese ihn hintergehen würde. Allerdings stand Fräulein Annies Nebenrolle nun nicht in Birngrubers Bericht. Genauso wenig wie Mayrhofers Handy, das sie unterschlagen hatten.

Der Brandner war leicht nervös. Besuch hatte sich angesagt. Er hatte sich tatsächlich getraut. Hatte sie vor ein paar Tagen angerufen. Nun wollte die schöne Isi morgen den schönen Traunsee sehen. Er konnte noch immer nicht glauben, dass die persische Prinzessin seinetwegen nach Gmunden kam. Seit gestern verfügte sein Büro über eine Espressomaschine mit Schlagobersvollautomat. Einfach isi. Würde sie sagen. Doch zuvor musste er noch diese Sache regeln.

Um sich abzulenken, griff er zur Zeitung. Das Cover am *Gmundner Tipp* hatte es in sich. Der Redakteur Brenner war gnadenlos. „Ischler haben ihren Kaiser gekocht!" Man sah den gefallenen Kleinsteindl im Würsteltopf. Riesenglück, kein Zweifel. Die Kaiserwürste hatten den Ischlern ihre Sisi gerettet. Bis auf die Nasenspitze. Doch die hatte der Kirchbichler auf Brandners Bitte schon wieder in Ordnung gebracht. Nur der Kleinsteindl hatte es nicht mehr geschafft, trotz des Hubschrauberfluges ins Krankenhaus. Wie die meisten

Zeitungen sah auch der *Tipp* in ihm den Drahtzieher der jüngsten Verbrechen.

Er senkte das Blatt und blickte dem Birngruber über die Schulter. Er las im *Ischler Mittwoch*. Sondernummer. Man musste nicht einmal blättern. Der Birngruber als Titelseite. Leider nicht perfekt im Bild. Besser gesagt, nur sein Arm. Der Arm gab dem Erzherzog die Büste zurück. Der Magnus lachte. Glücklich wie ein Kutschpferd am Kirtag. Liebevoll lastete seine Hand auf dem Sisi-Kopf. Der Kopf wieder an seinem Platz. Er sei zufrieden, sagte der Seppi. Der Arm sehe gut aus.

Der Brandner stieß ihn in die Seite. Sie tauschten die Zeitungen. Im Gegensatz zum *Gmundner Tipp* verzichtete der *Ischler* auf unschöne Details. Keine Kirtagskatastrophe. Kein Turmsprung. Kein Bürgermeister im Würsteltopf. Stattdessen ein sonnenbeschienener Kaisergeburtstag. Alles gut. Doch auch die Ischler setzten ihren Kleinsteindl groß ins Bild. Noch lebend. Händeschüttelnd. Mitten im Kaiserbummel. Ein vermeintlicher Erzherzog. Über seine Herkunft wurde wild spekuliert. Die Ischler hatten den wahren Schuldigen ausgemacht. Die Gmundner hatten da wieder einmal etwas gedreht. Schließlich habe der Bürgermeister den Sisi-Kopf wiedergefunden. Und ihn dem Grafen abgenommen. Und die Ehre der Ischler verteidigt. Bis zum bitteren Ende. Bitter für den armen Kleinsteindl.

Der Birngruber drängte, sie tauschten wieder. Der Brandner sah dem Seppi über die Schulter. Die letzte Seite: *Von der Pfarre & Sterbefälle*. Hier kam der Herr Pfarrer zu Wort. Er bestritt jegliche Gewaltausübung oben am Turm. Gottes Segen für die arme Seele! Was habe der Kleinsteindl nicht alles geleistet. Unser Hubsi, sein Lebenswerk! Das Waldstadion, der Kinderspielplatz und schon bald ... die Kulturhauptstadt! Eine Bilderstrecke zeigte die Beisetzung. Das Mausoleum des großen Ischlers Kleinsteindl. Schier unüberschaubar stand die Menge Spalier am Ehrengrab. Der Birngruber schmunzelte. Nichts von Annies Nebenrolle drang an die Öffentlichkeit. Offiziell war Annie Kurz nie hinter Monika Mayrhofer hergeschlichen. Er hatte der Annie die Mauer gemacht. Hatte nichts gesagt. Wie versprochen. Geschwiegen wie ein Grab. Die Annie sollte ihm dankbar sein. War sie aber nicht. Tatsächlich! Hier stand sie! Auf dem Foto. Der Riese Ernst an Annies Seite. Breitbeinig stand der da. Vor Ärger meldete sich der Hunger in Birngrubers Bauch.

„Chef?"

„Ja, Seppi?"

„Vielleicht die Peking-Ente? Wir gehen einfach rüber zum Wu! Wenn das da vorbei ist ..."

„..."

Sie fuhren hoch. Die Glastüre ging auf. Der Brandner sah, wie schön die Frau Doktor heute wieder war. Weiß gewandet. Wie die Unschuld. Verführerisch war ihr Lächeln und gefährlich zugleich.

„Gustl! Fein, dass du's einrichten konntest."

„Naja."

„Der Kleinsteindl. Ich habe Nahaufnahmen gemacht. Einen Stock tiefer. Du wirst ihn vielleicht noch einmal sehen wollen ..."

„Kann es mir vorstellen, trotzdem danke."

„Kopfüber in Käsekrainer? Bezweifle ich."

„..."

„Damit zu uns. Die Schrotkugeln haben den Musculus vastus gelöchert. Schlecht für dich. Gute Nachricht. Ich kann sie dir rausholen."

Sie rieb sich die Finger in Gummihandschuhen. Während sie lachte, baten ihn die beiden Gehilfen in blauen Hemden schon auf das eisenbeschlagene Bett. Sie begannen ihn fortzurollen. Die Frau Doktor wirkte unheimlich vergnügt.

„Auf geht's, Brandner! Sparen wir uns die Narkose. Ein Naturbursch wie du ..."

Glossar

a
ein, eine
Abwasch (die)
Waschbecken
abposchen, (ist) abgeposcht
sich rasch (heimlich) davonmachen
Allah-o-akbar
Gott ist am größten (islamische Dankesformel)
alleweil
immerzu
anschwärzen
verleumden, verraten
antuschen, Antuscher
angeben, Angeber
ausg'schamt
unverschämt, durchtrieben
Bankert
uneheliches Kind
Bankl reißen
sterben
beinand
beisammen, miteinander
Beisl
Gaststätte, kleines Gasthaus
Be Salamati (persisch)
Zum Wohl
Bim
Bahn (eigentlich Straßenbahn)
Buckel
Rücken, Rundrücken
Budel
Theke, Schank
Coucou sabzi (persisch)
persisches Kräuteromelett
dasig, Dasige
von hier, von hier Stammende
davonzahen
wegbringen, verschleppen
die Hutschnur reißen
die Geduld verlieren
echauffieren
sich aufregen
eini
hinein
Fleischlaberl
Fleischlaibchen
Flitscherl
Flittchen, leichtes Mädchen
Ghorbonet beram (persisch)
Ich opfere mich für dich (mache alles für dich)
Gib eam
Gib (es) ihm
Grantscherben (auch Grantscherm)
übel gelaunter Mensch
Griaß di
Grüß dich
Griaß Gott!
Grüß Gott!
Großkopferte
Hochnäsige, Eingebildete
g'schaftig
umtriebig
Gschau
Blick
g'schaut
gesehen, geblickt
gschmah
menschlich in Ordnung, auch fesch, attraktiv
Gspusi
Verhältnis
guat
gut
Gwirkst
Problem
hamma
haben wir
Haxerl
Bein

(sich den) Haxn ausreißen
sich sehr bemühen
Herrschaftszeiten
Ausruf der Überraschung (auch des Erschreckens)
Himmelarsch
Ausruf des Erstaunens (auch des Erschreckens)
hochrappeln
(mühsam) aufrichten
Jausn
Mahlzeit
jawoll
jawohl
Jessas / Jessasmaria!
Jesus! (Ausruf des Schreckens)
Kirtag
Kirchtag, Jahrmarkt
Lederne
Lederhose
Lercherlschas
Kleinigkeit
Katzensprung entfernt
unweit gelegen, gleich in der Nähe
Khoreshte (persisch)
persisches Schmorgericht
Krügerl
Krug
ma
wir
(etwas) madig (machen)
(etwas) schlecht(reden)
Mariandjosef!
Maria und Josef! Ausruf des Erstaunens (auch des Erschreckens)
Mezze (persisch)
Vorspeise
Mille
tausend Einheiten einer Währung
Mischpoche
Familie, Verwandtschaft
Mordstrum
großes Ding
nachschleichen
unmerklich hinterhergehen
net
nicht
Papp'n (halten)
Mund (halten)
Pfiagott
Verabschiedungsgruß
Pfiagott beinand
Verabschiedungsgruß (an eine Gruppe)
Polente
Polizei
Provinzler
Mensch der Provinz (eher abwertend gemeint)
Regen aus Schaffeln
starker Regen
Rein
Pfanne
Salam (persisch)
Frieden (als Gruß)
Schinken-Kren-Stangerl
Gebäck mit Schinken und Kren
Schlampen
„verkommene" Frau
Schleich di / Schleichts eich
Geh weg / Geht weg
Tram
Bahn
tramhapert
schlaftrunken
Trangl
Getränk
Tratschn
schwatzhafter Mensch
(sich) trollen
gemächlich gehen, sich langsam bewegen
Trottel
Idiot
ugagst
plötzlich, übereilt (im Inneren Salzkammergut, vor allem rund um Hallstatt gebräuchlich)

Vesper
Mahlzeit, Jause
Wampen
Bauch
Wichtl
Wichtigtuer
Wickel
Schwierigkeiten
Wiedaschaun
Wiedersehen
(jemandem zeigen,) wo der Bartl den Most holt!
(jemandem zeigen,) die Übermacht zu besitzen
wurscht
egal
Wurschtl
Hanswurst, armer oder einfältiger Mensch
zwider
schlecht gelaunt
Zwiderwurzen
dauernd schlecht gelaunter Mensch

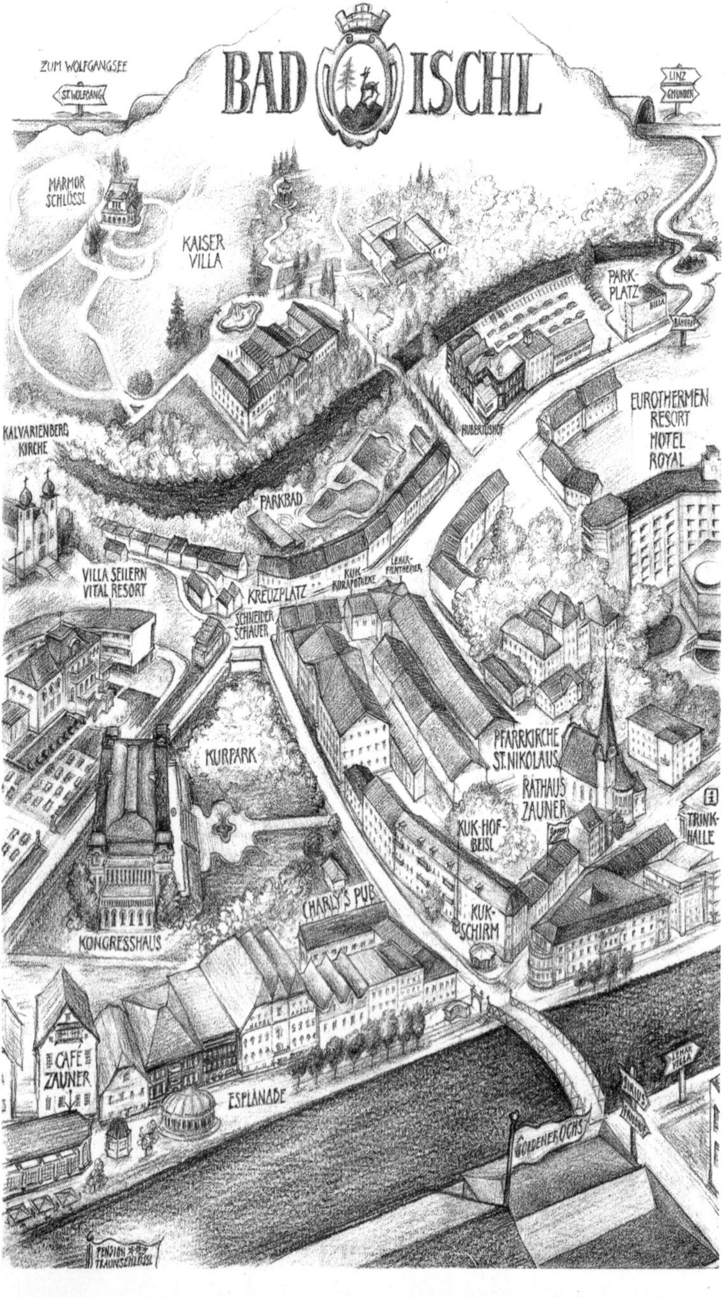
BAD ISCHL
ZUM WOLFGANGSEE
ST. WOLFGANG
LINZ
GMUNDEN
MARMOR SCHLÖSSL
KAISER VILLA
PARK-PLATZ
BILLA
EUROTHERMEN RESORT HOTEL ROYAL
HUBERTUSHOF
KALVARIENBERG KIRCHE
PARKBAD
LEHAR-FILMTHEATER
KUK KURAPOTHEKE
KREUZPLATZ
VILLA SEILERN VITAL RESORT
SCHNEIDER SCHAUER
KURPARK
PFARRKIRCHE ST. NIKOLAUS
RATHAUS
ZAUNER
TRINK-HALLE
KUK-HOF-BEISL
KUK-SCHIRM
CHARLY'S PUB
KONGRESSHAUS
CAFÉ ZAUNER
ESPLANADE
GOLDENER OCHS
LEHAR VILLA
SIRIUS
PENSION TRAUNSCHLÖSSL

GMUNDEN AM TRAUNSEE
STADT PFARR KIRCHE
TRAUN
POST
RINNHOLZ PLATZ
MARKTPLATZ
GOLDENER BRUNNEN
AM GRABEN
CONFIS. GRELLINGER
THEATER
SPIES WIRT
KAMMERHOF
RATHAUS
HALTE STELLE
HOTEL SCHWAN
MUSEUM
TRACHT REINGRUBER
CAFÉ KANDUR
SCHLOSS ORTH
TRAUNSTEIN
GRÜNBERG

Bernhard Barta
Sissis Tod
Ein Salzkammergut-Krimi
240 Seiten, € 9.95
HAYMON taschenbuch 154
ISBN 978-3-85218-954-3

Mordalarm in der kaiserlichen Sommerfrische: Eine Leiche liegt unter dem Gipfel des Bad Ischler Siriuskogls. Eine Tragödie, denn es ist Hochsaison und die Tote ein berühmter Hollywoodstar. Eben noch drehte sie am neuen „Sissi"-Film über die österreichische Kaiserin.

Der Fall seines Lebens für Inspektor Gustl Brandner. Unterstützt vom tollpatschigen Wachtmeister Birngruber ermittelt der Spross aus altehrwürdiger Dynastie am Filmset, am Stammtisch und in den hiesigen Nobelhotels – und scharrt tiefer und tiefer im Sumpf adeliger Kreise.

Bernhard Barta
Sissis Gold
Ein Salzkammergut-Krimi
216 Seiten, € 9.95
HAYMON taschenbuch 168
ISBN 978-3-85218-968-0

Ein toter Jäger im beschaulichen Kaiserdorf Bad Ischl – eindeutig ein Fall für Inspektor Gustl Brandner. Ermittelt wird dort, wo Heinrich Grün herumgepirscht ist: im Wald, auf der Alm und im Ehebett manch braver Bürgersfrau. Als am Jägerball auch noch Baron Buck leblos aus seiner Loge kippt, wird der Kreis der Verdächtigen enger und enger ...

Der beliebte Gmundner Inspektor ist wieder in seinem Element – liebenswürdig schrullige Figuren, unvorhergesehene Wendungen und vergnügliche G'schichtln, die nur an einem Ort passieren können: im urigen Salzkammergut!

Bernhard Barta
Sissis Gift
Ein Salzkammergut-Krimi
264 Seiten, €12.95
HAYMON taschenbuch 200
ISBN 978-3-7099-7831-3

Mörderischer Aufruhr rund um Schloss Orth: Es herrscht Kaiserwetter am Traunsee, Inspektor Brandners Angelschnur hängt im Bürofenster. Endlich Ruhe, denkt er. Gestern erst hat man den Singcontest über die Gmundner Seebühne gebracht. Da wird Wachtmeister Birngruber unten am Ufer klar, was der Chef an der Leine hat. Die Leiche der berühmten „Schlager-Sissi" von Ischl! Brandner ermittelt, sein schrulliger Partner Birngruber stolpert, die gestrenge Frau Oberst aus Linz dirigiert: bis zur nächsten Toten im Sissikleid ...

Einzigartiges Salzkammergut-Flair im neuen spritzigen Krimi von Bestsellerautor Bernhard Barta!